COLUI CHE VIENE

I Western Di Reuben Cole Libro 1

STUART G. YATES

Traduzione di
LUISA ERCOLANO

NOTA DELL'AUTORE

Nel 1905, anno in cui è ambientato il grosso di questa storia, l'uso del telefono era ben consolidato. Dal 1901 la Brown and Son installava telefoni nelle scuole del Kansas perché gli insegnanti l'usassero quando volevano contattare i genitori degli studenti. Immaginare che venisse usato anche in altre zone degli Stati Uniti non è una distorsione della storia.

La macchina fotografia divenne famosa grazie a Eastman dal 1900, con l'invenzione della "Brownie". Nel 1905 molte di queste erano diventate di uso comune. In effetti, già da momenti precedenti ci sono molte immagini di grande valore storico del Vecchio West, in particolare dalla Guerra Civile.

Allo stesso modo, si deve considerare l'idea dei "supermercati", dato che sembrerebbe che Kestler sia un negozio del genere in questo romanzo. La catena di negozi "Piggly Wiggly" in cui i clienti potevano acquistare tutto il necessario in unico posto non è sorta fino al 1916, ma Kestler *non* è un supermercato nel vero senso del termine. È un grosso negozio che fornisce merce ai proprietari di ranch e contadini, per cui non lo si deve confondere con gli ipermercati in cui oggi facciamo il grosso delle nostre compere.

Spero che questa breve spiegazione non tolga piacere alla vostra lettura ma, anzi, ve ne aggiunga.

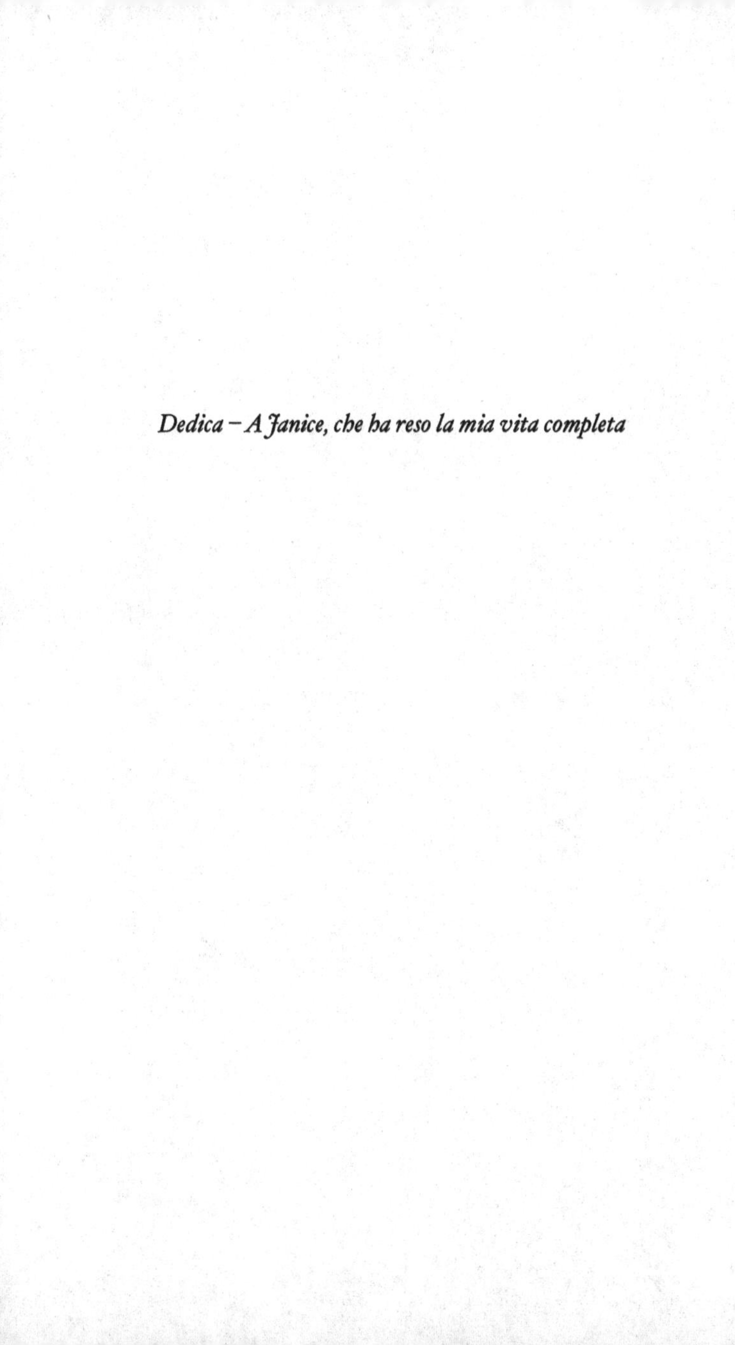

Dedica – A Janice, che ha reso la mia vita completa

CAPITOLO UNO

Reuben sentì un rumore che lo svegliò durante la notte e pensò che potesse essere il vento che faceva sbattere la porta rotta del giardino, che non si chiudeva mai bene e che sbatteva in continuazione. Girandosi, cercò di ignorarlo ma, quando lo sentì di nuovo, si alzò a sedere di scatto, i sensi tesi, l'oscurità che premeva su di lui come una cosa viva. Mentre aspettava, teso come una molla, si rese conto di un dettaglio importantissimo: quella notte non c'era vento. Nemmeno un alito.

Rimase immobile per un bel pò di tempo, la bocca socchiusa, il cuore che gli batteva nelle orecchie. La grande casa, costruita dal padre circa cinquant'anni prima quando quel pezzo di terra veniva chiamato il selvaggio West, sembrò improvvisamente ostile, aliena. Era entrato qualcuno, avevano violato la sua privacy. Si chiese chi potesse essere. Era il 1905. I fuorilegge non c'erano più. Erano morti, sepolti o dimenticati. I fili del telegrafo ronzavano, le bestie vagavano per la pianura senza paura di predatori selvaggi e aveva persino sentito parlare di un carro senza cavalli che procedeva lungo Main Street. Qualcuno diceva che era un'invenzione tedesca. Reuben Cole non era molto sicuro di dove fosse la Germania. Il mondo moderno per lui era un mistero.

Spostò le coperte e aspettò, le gambe nude dal ginocchio in giù, la camicia da notte era sottile e gli venivano i brividi. La notte era fredda. Fredda e senza amici. Reuben non ne aveva molti, di amici. Era un solitario, non *solo*, come si affrettava a dire a chiunque fosse interessato – non molte persone – ma il sentiero che aveva scelto lo allontanava da qualsiasi compagnia e a lui andava bene così. Non doveva rispondere a nessuno. Si alzava quando voleva, andava a dormire quando voleva, scorreggiava e...

Eccolo di nuovo. Rumore di passi, senza ombra di dubbio.

Reuben rimase in allerta, cercando di non farsi gelare il cervello. Aveva ucciso degli uomini, ma molto tempo prima, lì fuori dove le domande e le risposte erano più chiare e semplici, a differenza di dov'era in quel momento, solo in un nascondiglio che si era creato da sé.

Sapeva che avrebbe dovuto affrontare l'intruso. Un ladro, un opportunista. Reuben non aveva idea di quanto valesse quello che c'era in casa, a parte... Strinse le palpebre. Il vecchio quadro che il padre aveva comprato da quel vecchiaccio a Parigi, in Francia. L'artista era morto da anni e i suoi quadri, soprattutto quello grande con le ninfee, costavano un bel pò. Quello appeso in sala da pranzo probabilmente valeva più dell'intera casa.

Reuben aprì il cassetto del comodino facendo attenzione a non fare rumore e vi mise la mano, che si strinse intorno al familiare calcio d'acero della sua Colt Cavalry. La prese, controllò delicatamente che fosse carica e si alzò.

Si ricompose, respirando dalla bocca, gli occhi fissi sulla porta della camera da letto. La luce grigia dell'alba stava appena cominciando a trovare la propria strada nella notte ma comunque gli occhi di Reuben erano abituati al buio.

Fece un passo verso la porta.

Si sentì un botto fortissimo al piano di sotto, così forte che Reuben quasi saltò. Diamine, cosa poteva essere stato?

Passi che schiacciavano vetri rotti.

Sapeva cos'era. Quel vecchio coso cinese che papà aveva portato con sé da uno dei suoi tanti viaggi all'estero. Ting o Ying o roba del genere. Vecchio, comunque. Era così grosso che ci si poteva piantare una quercia e avere ancora spazio per un olmo.

Qualcuno, al piano di sotto, zoppicava, il suono era inconfondibile. Chiunque fosse doveva essere finito con il ginocchio contro il tavolino su cui si trovava il vaso e Reuben immaginò che l'intruso si fosse afferrato il ginocchio ferito con entrambe le mani e soffocando imprecazioni.

Quell'incidente fu decisivo.

Aprì la porta con forza, dimenticandosi di non fare rumore. Scese i gradini due alla volta e si gettò nell'ingresso, dove vide due uomini, uno che spariva verso la porta sul retro e l'altro chino che si stringeva il ginocchio. Questi si voltò all'arrivo di Cole. Divenne bianco come la cenere, un grido silenzioso che gli usciva dalla bocca aperta. Cole lo colpì alla tempia con la Colt più forte di quanto avesse voluto e fece una smorfia quando sentì il rumore dell'osso che si rompeva, forte come uno sparo.

"Peebie? Tutto bene?"

Dalla sala da pranzo arrivò il proprietario della voce. Aveva la pancia grossa e la testa piccola. In mano, qualcosa di simile a un machete. Reuben gli sparò alla spalla sinistra, facendogli fare una piroetta aggraziata come quella di una ballerina. "Oh no, aiuto," riuscì a gracchiare, "ha ucciso *Peebie!*"

L'omone arretrò prima ancora di aver registrato lo shock del colpo di pistola. Quando si sarebbe reso conto di essere stato colpito, si sarebbe bloccato e sarebbe rimasto impietrito come uno di quegli alberi fossilizzati in Arizona di cui Cole aveva letto qualcosa. Il ferito barcollò in sala da pranzo, superò la porta e cadde con forza sul pavimento, ma riuscì a rimettersi in piedi. Reuben lo seguì ma aveva a malapena fatto un passo quando una stretta forte come una morsa gli si chiuse sulla caviglia. Abbassò gli occhi.

La luce dell'alba, che conquistava lentamente ma inesorabilmente l'oscurità, immergeva il primo intruso in una luce inquietante e innaturale. A bocca aperta, i denti bianchi digrignati contro quel che restava dello zigomo, gorgogliò, "Ci vedremo all'inferno..."

Cercare di toglierselo di dosso si rivelò inutile, per cui Reuben sparò a quel teschio ghignante e corse in sala da pranzo per inseguire l'altro.

Qualcosa di duro e pesante come l'incudine di un fabbro lo colpì dietro la testa, facendolo volare in avanti in una voragine di oscurità.

Era svenuto prima ancora di colpire il parquet.

CAPITOLO DUE

Togliendosi gli stivali, Sterling Roose entrò a passo pesante nell'ufficio con pochi mobili, ignorò tutto quello che lo circondava, andò direttamente al bricco del caffè e ci sbirciò dentro.

"Non sei molto attento."

Roose si voltò di scatto, la mano pronta ad afferrare il revolver, e si bloccò prima di riuscire a toglierlo dalla fondina, soprattutto perché era un nuovo modello di Remington della polizia con una canna di quattordici centimetri. Roose non aveva mai prestato molta attenzione a quel dettaglio fino a quel momento. L'ultima volta che aveva puntato la pistola per rabbia era stato quasi vent'anni prima in quella sera indimenticabile quando lui e Reuben Cole avevano schierato cinque banditi messicani nella strada principale. Quella, però, non era quella sera calda e asciutta. Era una mattina calda e asciutta e lui era più vecchio e lento. Inoltre, l'uomo seduto alla sua scrivania aveva una Smith and Wesson di grosso calibro puntata in modo infallibile contro lo stomaco di Roose. Esalò a lungo e lentamente e si raddrizzò. "Va bene. Hai ragione, straniero, adesso mi dici perché sei nel mio ufficio?"

"La porta era aperta."

"Non è una risposta."

"Vero." L'uomo sorrise e Roose colse l'occasione per studiarlo. Di certo era stato a lungo all'esterno, il viso scurito dal sole, la barba di tre o quattro giorni non gli copriva del tutto la mascella, la bocca sottile. Occhi del colore del ghiaccio brillavano sotto sopracciglia folte e non era giovane. Linee profonde gli segnavano le guance e intorno agli occhi. Sembrava un individuo indurito, uno avvezzo a usare la pistola che aveva in mano, una mano infilata in guanti di capretto consunti e sporchi, come il resto dei suoi abiti, della polvere che invadeva tutto in città. "Sono qui per parlarti di Maddie."

"Oh."

"Già... *oh*. Adesso togliti quella fondina e siediti molto lentamente. Ho alcune cose in testa che devi sentire."

"Non so nemmeno chi sei."

"Beh, questa è una delle cose di cui possiamo parlare." Agitò appena la pistola. "La fondina... *molto* lentamente."

Da quel momento tutto sembrò finire nel caos. La porta si aprì violentemente, quasi saltando dai cardini, e Mathias Thurst, il giovane vice di Roose, entrò. Con indosso solo i mutandoni macchiati di sudore, Thurst, come il suo capo, all'inizio non vide la figura tutta angoli dello straniero seduto dietro la scrivania dello sceriffo. Con le braccia che si agitavano come le pale di un mulino diroccato, entrò con il cinturone su una spalla, il cappello appeso alla gola. Aveva un solo stivale, quello sinistro lo teneva in mano.

"Sceriffo, vi prego, dovete venire in fretta," cominciò, le parole che gli uscivano dalla bocca come olio. "È la signora Samuels, è venuta come una pazza con quel suo carretto e dice a tutti che ha..." Lasciò la frase in sospeso quando vide lo straniero e, nello specifico, la Smith and Wesson che adesso puntava su di lui.

Roose colse l'opportunità, prese la paletta di ghisa per il carbone con cui riempiva la stufa e, con tutta la forza che riuscì a raccogliere, la sbatté con una certa soddisfazione contro la mascella dello straniero.

Con uno strillo, lo straniero si toccò la guancia destra e cadde dalla sedia. Crollando a terra, la pistola che scivolava sul pavimento fino ai piedi di Thurst, gemette e si agitò. Thurst, nel mentre, si abbassò e raccolse la Smith and Wesson. "Non era nemmeno carica, Sceriffo."

Senza ascoltarlo, Roose andò agilmente dietro la scrivania e abbatté la paletta due o tre volte sulla testa dello straniero. "'Maiale.',' sibilò. Soddisfatto che lo straniero non avrebbe causato altri problemi, lo Sceriffo si alzò con il fiatone e scoccò un'occhiataccia al suo giovane vice. "Cosa stai blaterando, Thurst?"

A Thurst servì un momento per rispondere, concentrato a studiare il corpo insanguinato e inerte dello straniero.

"*Thurst*, apri le orecchie!"

"Io... Cavolo, Sceriffo, pensate che l'avete ucciso?"

"Non mi interessa," disse Roose, rosso in viso, il sudore che gli spuntava sulla fronte. Gettò via la paletta e si sollevò i calzoni. "Era già qui quando sono arrivato questa mattina. Mi ha puntato la pistola contro. Non so chi sia."

Thurst era ormai accanto al corpo, le dita premute sotta la mascella fratturata dell'uomo. "Non trovo il battito."

"Thurst, perché non lasci perdere e mi dici perché sei entrato qui come se avessi il diavolo alle calcagna?"

Thurst si rialzò di nuovo e scosse la testa. "La cosa più assurda che ho mai visto." Si voltò e guardò il suo capo. "La signora Samuels, la conoscete, fa le pulizie nelle grandi case? Beh, è andata da Reuben Cole e lo ha trovato steso a terra in sala da pranzo, lo avevano picchiato." Guardò il cadavere e scosse la testa. "Come lui."

"Reuben Cole? Qualcuno lo ha picchiato? Sei sicuro di aver detto così?"

"Sì. È alla caffetteria di Drey Brewer a farsi consolare dalle sorelle Spyrow. Io ero sul mio portico quando lei è passata di corsa col carretto, ha accostato di fretta e ha cominciato a gracchiare, quasi *pretendeva* che vi venissi a chiamare. Per questo non sono in ordine, capo. Chiedo scusa."

"Non preoccuparti dei vestiti, figliolo." Roose indicò il corpo accasciato accanto alla scrivania. "Tu, ehm, dai una ripulita qui dopo che avremo messo quell'idiota in cella. Metti la sua pistola sulla scrivania."

"Non è carica."

"Ti ho sentito, ma io non avrei dovuto saperlo, no?"

"No, credo di no."

"Bene, allora," Roose si tolse la giacca e la getto sullo schienale della sedia, "mettiamolo in cella, poi chiamo il dottor Evans perché lo rimetta in piedi."

"Non gli serve un dottore, Sceriffo. Gli serve un prete." Scosse di nuovo la testa. "O Gesù, per rimetterlo in piedi."

CAPITOLO TRE

Aprendo la porta della caffetteria, Roose fece un cenno a Dray Brewer dietro il bacone e vide la signora Samuels china a piangere nel fazzoletto, due signore anziane e magre vestite di nero le avevano passato un braccio intorno alle spalle e cercavano di calmarla. "Andrà tutto bene, Jane, prenditi il tuo tempo. Non è colpa tua, hai fatto quello che potevi. Meglio lasciar fare alle autorità, adesso, sapranno come comportarsi... Oh, Sceriffo Roose! Siete arrivato al momento giusto!"

Togliendosi il cappello, Roose scostò una sedia e raggiunse le signore. Le due anziane gli fecero spazio, lasciando la terza, Jane Samuels, a guardarlo con gli occhi gonfi e rossi perché aveva pianto troppo. "Oh, Sceriffo, è stato terribile. Pover'uomo."

"È morto?"

"No, no, sono sicura di no. Ho fatto quello che potevo, l'ho messo comodo e poi sono corsa qui più in fretta che potevo e ho detto al giovane Thurst di chiamarvi."

"'Hai fatto la cosa giusta, Jane," disse una delle sorelle Spyrow.

"Lo spero, ma... Oh, Sceriffo, sulla nuca ha un bernoccolo grosso come un uovo."

"Avete visto chi glielo ha fatto?"

"'No, non c'erano più, non mi stupisce. Chiunque sia, lo ha picchiato. E la casa..." Presa da una nuova ondata di angoscia, riprese a piangere nel fazzoletto. "Tutte quelle belle cose collezionate dal padre. È terribile, *terribile*."

"Su, su, Jane, cerca di riprenderti," disse la sorella più vicina a Roose. "Non potete fare niente, Sceriffo?"

"Signorina Spyrow, farò tutto quello che posso per trovare i colpevoli, non temete. Ma, signora Samuels, devo chiedervelo di nuovo. Ne siete assolutamente certa... *è morto?*"

Lei alzò il viso e sembrò ricomporsi con qualche respiro tremante. Roose si preparò al peggio. Conosceva bene Cole. Erano andati a caccia insieme quando gli indiani giravano liberi e i principianti avevano difficoltà a cominciare una nuova vita. Non poteva contare le volte in cui Cole gli aveva salvato la vita, e adesso anche lui era...

"No, non è morto, Sceriffo. Ve l'ho detto. Mi sono occupata di lui, l'ho messo a letto. È stata una cosa difficile e non mi dispiace dirvelo. È *grosso*."

"Non è così grosso, ma comunque..."

"'Beh, ho dovuto spogliarlo, Sceriffo. Lavargli i lividi, so quello che ho visto."

Le due sorelle emisero un urletto e si misero le manine sulle bocche stupite.

Incapace di sostenere il suo sguardo, Roose si voltò, col volto in fiamme. Chiamò Brewer con voce tremante. "Si può avere un caffè?"

Il proprietario della caffetteria annuì ma, prima di preparare l'ordine di Roose, disse, "Dopo quello che ha detto la signora Samuels, ho chiamato lo stalliere, Percival, perché andasse a prendere il dottor Evans perché sioccupi del signor Cole."

"È stato gentile da parte tua, Dray. Grazie."

"Credo che avesse una o due costole rotte," disse la signora Samuels.

"Non immaginavo che qualcuno potesse pestare Cole," ragionò Roose a voce bassa. Si girò sulla sedia e guardò la donna che ancora singhiozzava. "Doveva esserci più di un intruso, forse l'hanno colto di sorpresa."

"Sì, non mi sorprende. Accanto a lui c'era una di quelle mazze da baseball, c'erano sangue e capelli appiccicati sopra."

Un altro strillo, questa volta di orrore, dalle sorelle.

Roose rifletté su quella notizia. Di recente si era occupato soprattutto degli insediamenti ad ovest, gente che si trasferiva dalle città in crescita verso nord. Alcuni erano personaggi dubbi, che vivevano per lo più dal lato sbagliato della legge, venivano dal Missouri con un prezzo sulla testa. Aveva già delle idee in testa, i sospetti crescevano. Se uomini disperati, che quasi morivano di fame, cominciavano a fare sopralluoghi e furti in casa, si sarebbe trovato per le mani un bel lavoraccio per proteggere la popolazione.

"Credo che avrò bisogno di vostro marito Nelson, signora Samuels. Mi serviranno un bel pò di uomini. Lui sarà in cima alla lista."

"Nelson è troppo vecchio per andare in cerca di criminali, Sceriffo. I suoi giorni nell'esercito sono finiti."

'Non credo, era il ricognitore più bravo dell'esercito e sicuro come l'infer..." Si interruppe bruscamente quando le sorelle Spyrow gli scoccarono un'occhiataccia. Contorcendosi sulla sedia, si schiarì la gola prima di continuare a disagio. "Quello che voglio dire è che era un ottimo ricognitore, all'epoca, signora Samuels, e non è un'abilità che si dimentica. E non è vecchio, ha due anni meno di me."

"Beh, appunto, Sceriffo. *Fin troppo* vecchio."

. . .

Roose tornò nel proprio ufficio, masticava un sigaro e aveva la sensazione di essere stato trascinato tra i cespugli. Thrust spazzava il pavimento, senza cappello e a torso nudo, tutto sudato. Smise di spazzare mentre Roose entrava e si appoggiò alla scopa, il mento in cima all'asta. "Sceriffo, è morto."

Roose si sentì stringere le viscere, il battito che accelerava, il calore della giornata non lo aiutava. "Peccato."

"Direi che per come vi ci siete accanito con quella pala non poteva esserci un altro risultato."

"Thurst, continua a spazzare, poi vatti a vestire per una caccia all'uomo su tutto il territorio."

"Credo che non farò nessuna delle due, Sceriffo."

"Come?"

"Per come la vedo, voi avete ucciso quel gentiluomo e io..."

"Non era un gentiluomo, Thrust, mettiamo in chiaro questo. Era venuto qui per farmi del male."

"Va bene, ma anche se non era un brav'uomo è morto e voi lo avete ucciso. Credo che sia omicidio, ecco la verità, Sceriffo."

"Mi ha puntato contro la pistola, imbecille."

"Era scarica."

"Come ho detto prima, io non lo sapevo. Era qui per uccidermi, quello è sicuro, e io non glielo avrei lasciato fare. Se tu non fossi arrivato, adesso sarei io al cimitero, non lui."

Mathias Thurst rimase a guardare, non Roose, ma la cella e il fagotto che una volta era stato un uomo. Roose seguì lo sguardo del suo vice e considerò le proprie opzioni. Che avrebbe fatto, se Thrust non fosse arrivato al momento più opportuno? Che aveva da dire quell'uomo su Maddie o su qualsiasi altra cosa? Di certo quell'uomo era il marito di Maddie. Roose era stato più che amichevole con la moglie per un pò. Certo, Roose sapeva che Maddie era sposata, ma credeva che tra lei e il marito fosse finita, quindi non sapeva che cosa avesse portato il marito a un confronto. Di certo adesso Roose avrebbe dovuto parlare con quella che era la sua amante da sei mesi, per portare un pò di luce su quella situazione. Adesso, però, aveva preoccupazioni più pressanti, di cui Thrust era la prima.

Roose sbuffò e diede uno sguardo freddo al suo vice, le mani sui fianchi, ben lontano dalla pistola nella fondina, pronta all'estrazione incrociata. "Mathias, possiamo trovare una soluzione, davvero, ma al momento abbiamo una caccia all'uomo da cominciare. Devo trovare le persone che sono entrate a casa di Cole e lo hanno picchiato fin quasi ad ammazzarlo. Avrò bisogno di te."

"Io non vengo," disse Thrust senza nemmeno fermarsi a considerare le parole di lui. "Ho finito con questo lavoro e con voi, Sceriffo."

"Aspetta un attimo, Thrust, non si tratta solo di te e di me! Possiamo pensarci quando torniamo."

"E come?"

"Beh, faremo una deposizione giurata... La presenteremo al giudice. Puoi testimoniare o raccontare a modo tuo quello che è successo."

"Quando torniamo dalla caccia all'uomo?"

"Sì! Esatto. Questo sfortunato incidente resterà qui... mica va da qualche parte?"

"E se io non tornassi?"

"E se non... Di che stai parlando? Certo che torni!"

"Voglio dire, e se sono vittima di un incidente, un proiettile vagante, un serpente a sonagli sotto le coperte? Che succede, Sceriffo? Sarà solo la vostra parola e..." Ridacchiò, senza divertimento, un suono inquietante nella stanza piccola e piena di polvere. "Nessuno la metterà in dubbio, o no? Siete un cittadino modello."

"Per chi mi hai preso, Thrust? Rispetto la legge come gli altri."

"Perché lo avete ucciso così?"

"Ascolta, è complicato. È il marito di Maddie... *era* il marito di Maddie."

"È per questo che lo avete ucciso?"

"Thurst, non hai capito niente! Ho agito per legittima difesa."

Thurst gli voltò le spalle e mise la scopa accanto alla stufa. "Beh, ho deciso. Non vado. Resto qui finché non tornate, difendo il forte per così dire. E mi occuperò del cadavere... può finire che puzza con questo caldo."

"Thurst, non c'è bisogno di..."

"Ce n'è proprio bisogno, Sceriffo. Non sono scemo e non rischio la vita perché voi avete ucciso un uomo."

E finì lì. Roose poteva vederlo negli occhi del suo vice. Non lo avrebbe convinto in nessun modo. Roose rilassò le spalle e avanzò, allontanando Thurst. Prese tre Winchester dall'armadietto aperto e si riempì le tasche di cartucce. "Mi porto dietro Samuels e probabilmente anche Ryan Stone. Sono stati entrambi nell'esercito e sanno com'è stare là fuori." Si mise i Winchester sotto l'ascella e scoccò un'occhiataccia al vice. "Mi hai deluso, Mathias. Quando torneremo, sistemeremo la questione. E non sarà a tuo vantaggio."

"Almeno sarò ancora vivo."

Roose fece per dire qualcosa, ci ripensò e uscì a grandi passi nella calura di un altro giorno senz'aria.

CAPITOLO QUATTRO

Avanzarono a passo di lumaca lungo la pianura infinita, i tre uomini indossavano dei sombreri messicani a tesa larga. Chini sui loro ronzini le cui zampe cedevano sotto il peso dei loro cavalieri, il caldo incessante prosciugava tutte le forze e rendeva anche l'azione più semplice epica per determinazione e sforzo. L'uomo di punta era enorme e cavalcava un mulo. Contro i fianchi dell'animale battevano e sferragliavano delle sacche di tela rigonfie, il cui rumore riverberava lungo il paesaggio infuocato e privo di ombra.

"Soloman," disse il secondo in fila, la voce debole e arrochita, "dobbiamo trovare un posto per riposare, se non noi almeno i cavalli."

Soloman ruotò le spalle enormi, si tolse il cappello e si passò una manica sulla fronte. Era calvo tranne che per qualche ciuffo di capelli neri e unti che, tempo prima, aveva pettinato in modo da nascondere la calvizia. Non aveva funzionato e lui si era arreso all'inevitabile. Paragonata alla sua stazza, la testa era così piccola che la gente lo chiamava 'testa di spillo', ma non glielo dicevano mai in faccia. Farlo sarebbe stato un suicidio, perché Soloman era abile a uccidere. Gli piaceva.

Tirò le redini del mulo. L'animale, quando decise di

volerlo fare, rallentò fin quasi a fermarsi, ma non proprio. "Non sono sicuro di dove sia l'ombra, Pete."

Pete lo raggiunse. Gli colava il sudore sulla faccia in rivoletti che gliela ripulivano dallo sporco. "Non saremmo mai dovuti venire da questa parte. Avremmo dovuto prendere il sentiero. Lo conosciamo e…"

"Ci avrebbero raggiunto."

"*Chi*? Lo Sceriffo Roose? Ci vorranno ore, se non giorni prima che capisca cos'è successo."

"Beh, non volevo correre rischi."

"Quello era Reuben Cole," disse il terzo uomo raggiungendo Soloman dall'altro lato. "Ho visto il ritratto di suo padre sul caminetto prima di infilarci la mia Bowie."

"Reuben come si chiama è morto," disse Soloman, in tono acceso. Ricordava la soddisfazione profonda e quasi sessuale derivata dall'affondare lo stivale nella cassa toracica dell'uomo.

"Non puoi dirlo per certo," disse Pete.

Girandosi in sella, Soloman rivolse a Pete un'occhiataccia. "Gliele ho suonate di santa ragione, Pete. Nessuno sarebbe sopravvissuto."

"Sì, questo lo dici tu, Sollo, ma non lo sappiamo per cert…"

"*Io* lo so. Non sono mai stato battuto in una rissa e non molti si sono alzati dopo che li ho picchiati. Lui è lo stesso. È *morto*, ti dico. M-O-R-T-O, morto!"

"Beh, questo significa che sicuramente Roose ci darà la caccia, no?" Gli altri guardarono il terzo uomo. Magro come uno stecco, il viso, le mani e tutta la carne esposta erano quasi bruciati, ogni pezzo di stoffa che aveva addosso, sia sul torso che sulle gambe, zuppo di sudore. "Che c'è?"

"Non c'è bisogno di ribadire l'ovvio, Notch," disse Pete, "sappiamo tutti che farà Roose."

"Sì, ma come ho detto," aggiunse Soloman, voltandosi a guardare l'orizzonte in lontananza e la massa di pietra secca e grigia che li separava da esso, "ci vorranno giorni prima che trovi il corpo. Abbiamo tutto il tempo di arrivare a Lawrenceville e portare il bottino al signor Kestler. Ci pagherà tantissimo."

"Sempre se ci arriviamo," disse Notch scuotendo la borraccia per dare enfasi. Si sentì qualche goccia di liquido all'interno. '"Non me ne resta nemmeno un sorso."

'Nemmeno a me,' disse Pete mesto.

"La smettete di gracchiare? Lawrenceville non può essere a più di mezza giornata di distanza, non moriremo di sete qui fuori." Infilò con cautela la mano destra sotto la maglia sporca per tastare la ferita pulsante dove Cole gli aveva sparato. Il proiettile lo aveva trapassato. "Sono sempre stato fortunato quando mi sparavano, ma questa fa un male del diavolo." Si guardò le dita insanguinate e le leccò.

"Spero che c'hai ragione che non moriamo qui, Sollo," gemette Pete, chinando di più la testa sul petto con l'aria sconfitta.

"Ho ragione, dannazione, Pete! Non ti hanno sparato e non fai che lamentarti come una vecchia zitella. Mettiamoci sotto e continuiamo, prima di friggere davvero."

Con quelle parole, Soloman colpì più volte i fianchi del mulo. Alla fine, l'animale si mosse un pò più in fretta, ma non di molto. Si trascinò sul terreno duro e arido, dove non cresceva nulla, tutto era coperto di polvere grigia che rifletteva il bagliore dei raggi del sole, facendoli rimbalzare sul viso di uomini e bestie. Soloman si tolse il fazzoletto dal collo e lo usò per coprirsi quasi tutta la faccia e trovare sollievo dalla luce, si abbassò il sombrero il più possibile senza farlo cadere. In questo modo riusciva a proteggersi quanto poteva dal riverbero. Gli altri seguirono il suo esempio, raddrizzarono le spalle e continuarono, rassegnati a quello che dovevano fare. Erano arrivati troppo lontano per tornare indietro, non c'era altra scelta se non seguire Soloman.

Potevano essere passate due ore, anche se sembravano probabilmente due *giorni* quando Pete pensò di aver sentito qualcosa, tirò le redini e si sforzò di ascoltare.

Lì! Al di là di quella collina in lontananza, il suono di...

Strizzando gli occhi, la vide, in contrasto con il cielo bianco. Una scia grigia che andava all'indietro rispetto al punto di origine. Non era fuoco. Fumo. "Fumo, perbacco! *Fumo!*"

Gli altri reagirono, Soloman, il primo a farlo, saltò giù dal mulo quando si rifiutò di fermarsi del tutto. "Dannazione, vorrei avere un binocolo. Dici che è fumo?"

"Non ci si può sbagliare," urlò Pete, che non poteva e non voleva evitare di sembrare trionfante.

"Forse sono gli indiani," disse Notch sconsolato. "Mandano segnali di fumo, no?"

"Non sono indiani, è la ferrovia," disse Soloman, girandosi e lanciando in aria il sombrero. "La ferrovia per Lawrenceville! Ragazzi, siamo salvi!"

Gli altri lo guardarono a bocca spalancata, ma sapevano che era vero.

Erano salvi.

CAPITOLO CINQUE

R oose uscì dalla casa del dottor Evans, che fungeva anche da studio, e rimase sul portico a guardare la strada verso una voce che riconobbe.

Era Maddie. Con indosso un vestito color fiordaliso e un cappellino in cima ai riccioli biondi, guidava un carretto e gridava, "Sterling, che diamine sta succedendo?"

Una delle cose che Roose adorava di Maddie era il modo in cui il suo bell'aspetto non si abbinava alla voce ruvida. Era selvaggia, sia dentro che fuori dal letto, e lui sorrise con un misto di orgoglio e gioia mentre lei si avvicinava. Era una donna dura ma sempre bella come il sole.

Tuttavia, negli occhi di lei quel giorno brillava qualcosa che Roose non riconobbe.

Fermò il carretto e tirò il freno. Studiò Roose per qualche attimo, le si spezzò la voce mentre parlava. "Stamattina sono venuta nel tuo ufficio dato che te ne sei andato senza una parola."

"Ah, sì, mi dispiace ma…"

"E quando sono arrivata, il tuo giovane vice e un altro ragazzo stavano spostando un cadavere fuori da una cella. Mi fermo, sconvolta, come ti aspetteresti," – e lui se lo aspettava e si tolse il cappello e fece per spiegare ma fu interrotto di nuovo – "quando poi ho visto chi era."

"Chi... Beh, devo ammettere che ha fatto il tuo nome per cui ho supposto fosse un amante geloso." Mentire gli venne facile, perché sapeva benissimo che il morto era il marito, ma non poteva dirglielo. Roose le rivolse un sorriso malizioso. "Sono benissimo che hai altri amici."

"Era *più* di un amico, Sterling! Era Gunther."

"Gunther?"

"Sì, idiota. Gunther Haas, *mio marito*!"

Per un terribile momento, Roose credette di rischiare di esagerare, dato che spalancò la bocca e strabuzzò gli occhi. Con una smorfia, si costrinse a sibilare, "Marito?" Lei annuì e, per dare più enfasi alle proprie parole, tirò su col naso, prese un fazzoletto di seta dalla manica e si soffiò il naso. Roose si passò una mano tremante sulla bocca. "Oh cavoli."

"Sì, puoi ben dirlo!" Si soffiò di nuovo il naso e poi scese dal carretto e raggiunse lo Sceriffo, le mani sui fianchi, la testa inclinata, la bocca ridotta a una linea sottile. "Vuoi davvero dirmi che non sapevi chi fosse?"

"Lo giuro."

"Va bene, se è così allora dimmi che ci fa Gunther nella *tua* prigione, stecchito."

Sentendo le urla e i singhiozzi di Maddie, il dottor Evans uscì dallo studio, valutò la situazione, e fece entrare Maddie. La fece sedere al tavolo della cucina mentre Roose, che la seguiva come un cane che era stato sgridato, rimase sulla porta, le braccia incrociate, a chiedersi come sarebbe sopravvissuto ai minuti successivi.

"Su, su, signora Haas," disse il dottore cercando di calmarla e dandole un bicchier d'acqua, "cercate di bere e non siate così turbata."

Mormorando un grazie, Maddie fece come le era stato suggerito. Rimase seduta in silenzio, ad asciugarsi occhi e naso con un fazzoletto, il respiro improvvisamente tremante.

Dandole le spalle, il dottor Evans guardò Roose, la domanda inespressa che aleggiava fra loro.

"Ha ricevuto cattive notizie," disse Roose, incapace di reggere lo sguardo del dottore. "Molto brutte."

"È *morto*, che il diavolo ti porti, Sterling Roose!"

Voltandosi dall'uno all'altra, un solco sempre più profondo sulla fronte, Evans scosse la testa. "Chi è morto?"

"Il marito."

Evans rimase a bocca aperta e guardò Maddie, che piagnucolava. "Vostro marito? Non sapevo nemmeno che fosse tornato in città. Da quanto..."

"Più di tre anni."

"'Beh, caspita." Scuotendo la testa, il dottor Evans andò verso un grande armadietto dalle ante di vetro, lo aprì e con cautela prese una boccetta piena per tre quarti di un liquido marrone. Ne tolse il tappo e riempì un bicchierino per poi porgerlo a Maddie. "Brandy medicinale. Credo che adesso potrebbe servirvi."

Lei lo ringraziò con un cenno della testa, si fermò per un attimo e poi ingoiò di colpo il contenuto del bicchiere.

Evans guardò stupito Roose, che rispose scrollando le spalle e alzando le sopracciglia.

"Grazie, dottore," disse lei, restituendogli il bicchiere. "Un altro, se non vi dispiace."

Roose trattenne una risatina mentre Evans versava una seconda dose. Maddie la bevve con calma.

"Sono sinceramente dispiaciuto per la vostra perdita. Chiederò alla signorina Coulson, la mia infermiera, di accompagnarvi a casa. Non dovreste essere sola dopo un tale shock." Si voltò verso Roose. "Deduco sia stato un delitto, avete idea di chi possa essere stato?"

"Oh sì," disse Roose con un sorrisetto, "Ne sono quasi certo."

Maddie rifiutò l'offerta di essere accompagnata a casa. Fece, invece, guidare a Roose il carretto fuori dai confini della città e lo fece fermare in cima a una collinetta, sotto l'ombra di diversi alberi.

"Lo hai ucciso tu, vero?"

"Perché pensi una cosa del genere?"

"Perché ho visto la tua espressione quando il buon dottore te l'ha chiesto."

Roose si schiarì la gola e prese il sacchetto di tabacco. "Non avevo idea che fosse tuo marito."

"Avrebbe fatto qualche differenza?"

"Forse, forse no," mise del tabacco sulla carta e lo arrotolò agilmente. "Mi aveva puntato una pistola, probabilmente aveva intenzione di uccidermi. Ho fatto quello che dovevo." La studiò. "Perché non mi hai mai parlato di lui?"

"Ci eravamo alienati."

"A... cosa?"

"Alienati. Separati. Qualche anno fa aveva cominciato a vedersi con una sgualdrina messicana di nome Beatriz Gomez e l'ho cacciato di casa. La cosa migliore che abbia mai fatto. Avevo sempre avuto intenzione di dirtelo, Sterling..." Sfarfallò le ciglia. "Lo giuro."

"Bah, non mi importa." Si mise la sigaretta in bocca, accese un fiammifero contro la scatoletta di metallo in cui teneva le cartine e appoggiò la fiammella alle estremità. Si accese e Roose inspirò il fumo per poi soffiarlo fuori. "Quel che è fatto è fatto. Ho cose più importanti a cui pensare. E ho bisogno che il tuo lavorante mi dia una mano."

"Cougan? È un tipo vivace, proprio come suo padre."

"Conoscevo suo padre. Lo conoscevo bene."

"Allora saprai che il figlio ci dà ancora la colpa per quello che è successo alla sua famiglia in Louisiana. Li hanno impiccati mentre scappavano dalla piantagione in cui lavoravano. I bianchi non gli vanno molto a genio, soprattutto quelli che fanno le leggi."

"Io non faccio leggi, Maddie, mi limito a servire la sua giustizia. Reuben Cole è stato quasi picchiato a morte da un branco di vagabondi la scorsa no..." Si fermò quando vide l'espressione di Maddie, che sgranò gli occhi con le labbra tremanti. Per un attimo a Roose sembrò che la donna fosse sul punto di svenire. "Stai bene?"

Si prese un momento, prese un fazzolettino di seta dalla manica e si asciugò la bocca. "Cole? Sta... hai detto che lo hanno quasi picchiato a morte."

"Sì..."La guardò. Forse si sbagliava, ma, sembrava che fosse stata più colpita dalla notizia di Cole che di quella sul marito. "Ma conosci Cole..." Sul viso di Maddie si disegnò un'espressione allarmata.

"Beh, *sì*, lo conosco, ma non in quel modo, Sterling."

"Non ho mai detto questo, Maddie," disse Roose lentamente guardandola negli occhi. 'Volevo dire che è un tipo tosto e i banditi possono aver fatto del loro meglio ma non sono riusciti a ucciderlo."

"Ah sì, certo." Maddie si costrinse a una risatina e rimise a posto il fazzolettino. "Che cos'è successo?"

"Sono entrati in casa sua e si sono portati via quasi tutti i suoi cimeli di famiglia, che probabilmente valevano un bel pò, e voglio che paghino."

"Sì. Sì, certo... Ma perché hai bisogno di Cougan?"

"Perché è uno dei tiratori migliori della zona e potrebbero essermi utili i suoi servigi. Ho un paio di segugi, ma dubito che sarebbero utili in una sparatoria." Rise mentre studiava la punta in fiamme della sigaretta. "Che fortuna che sei arrivata proprio in quel momento. Forse è un segno."

Maddie tirò su col naso, riprendendosi. "Povero Gunther. Non avevi bisogno di ucciderlo."

"Ne avevo tutto ildiritto. Lui avrebbe ucciso me."

'ù"Beh, vedremo che ne dice il giudice.

"Giudice? Che vuoi dire?"

"*Voglio dire* che ho intenzione che la giustizia faccia il suo corso, Sterling. Sto solo ripetendo quello che pensi tu."

"Sei una strega, Maddie! Ti ho detto che non avevo scelta."

"Vedremo. Devono esserci dei testimoni."

"Cosa? Con chi hai parlato? Chiunque fosse, si sbaglia, te lo giuro."

"No, Sterling, non ho parlato con nessuno, non ancora. Ma credo di avere una buona idea su dove cominciare." Sorrise. "Adesso, se non mi baci, torna in città e comincia la tua caccia all'uomo."

Aspettarono fino al tardo pomeriggio prima di vedere Cougan che arrivava in città a cavalcioni di un grosso puledro dall'aria poderosa. Era un uomo grosso e muscoloso, con indosso una divisa dell'esercito con camicia grigia e pantaloni blu tenuti su da bretelle. Aveva una Navy Colt alla cintura e, nella fondina che sbatteva contro i fianchi del cavallo, una carabina Spencer. Se non fosse stato per la bombetta storta sulla testa rasata, sarebbe sembrato un uomo in missione.

"Buon Dio, è un colosso," disse Nelson Samuels, che aspettava in sella al proprio cavallo accanto a Roose.

"È uno che fa facilmente a pugni," disse Roose, "cerca di non provocarlo." Guardò storto l'altro uomo che aveva costretto a seguirlo, Ryan Stone, un uomo alto e magro dai tratti affilati. Aveva l'aria cattiva e Roose sentì stringersi le viscere. "Non sembri molto felice dell'arrivo del nostro compagno, Ryan. Perché? Hai già avuto a che fare con Cougan?"

"Ci siamo già incrociati." Si sporse sul fianco del cavallo e sputò sul terreno. "Non mi è mai piaciuto. È uno sbruffone rumoroso, ecco chi è. Perché lo hai chiamato?"

"È il pistolero più bravo da questa parte del Mississippi. Per nessun altro motivo. Vedi quelle vecchie Sharp che si è portato? Può centrare l'occhio di un serpente a sonagli da un chilometro."

"Quella è una carabina Spencer, Sceriffo," disse lentamente Samuels. "Non che importi, se la sa usare." Samuels spostò il peso sulla sella. "Portiamoci avanti con le presentazioni e mettiamoci al lavoro. Mia moglie è scossa per colpa di Reuben Cole e vuole che quegli uomini vengano presi."

"O uccisi," borbottò Ryan, gli occhi fissi su Cougan mentre l'omone tirava le redini a pochi passi da loro. Non parlò.

Non lo fece nemmeno Roose e fece un minimo cenno a Cougan prima di girare il cavallo e farlo partire al piccolo trotto. A ripensarci, non gli dispiaceva se quegli uomini venivano uccisi. L'omicidio era sempre stato una specie di compagno per Sterling Roose.

CAPITOLO SEI

Lasciarono Fort Concho verso la fine di agosto del 1874. Gli ordini erano stati dati qualche giorno prima e Reuben Cole, insieme a Sterling Roose, era fuori l'ingresso principale delle loro baracche la sera prima della partenza, a fumare e guardare la vasta prateria che li circondava.

"Ho sentito che sono i Comanche," disse Reuben, lasciando che il fumo gli uscisse dalle labbra. Non era un grande fumatore, se ne concedeva una la sera prima di andare a dormire. "Di nuovo," aggiunse, in tono amaro.

"Ho sentito che un gruppo di Cheyenne e Arapaho si sono uniti a loro. Sono scappati dalla riserva per seguire una banda di Kiowa. Ce ne sono un sacco, forse duemila."

"Se è vero, questa volta dovremo arrivare fino in fondo, Sterling."

"È sempre così quando si tratta dei Comanche. Non fanno prigionieri. Stando al Colonnello, questa volta non ne faremo nemmeno noi. Il governo li rivuole nella riserva e dobbiamo fare tutto il necessario per riuscirci."

"Ne sai molto, vero?"

Una luce maliziosa brillò negli occhi di Roose. "A essere sinceri, Rube, stavo ascoltando fuori la porta del

Colonnello Mackenzie dopo che visto venire quel corriere di corsa. Alcuni di noi si sono messi ad ascoltare."

"Sei stato coraggioso. Sei il Sergente Dixon se ne fosse accorto..."

"Stai zitto, Rube, Dixon è stato il primo a correre." Ridacchiò. "Credo sperasse in una ritirata facile. La moglie è incinta del primo figlio."

"Forse avrà un permesso per motivi personali."

"Contro i Comanche? Mi prendi in giro? No, avranno bisogno di tutti noi per spingerli contro il Red River e dargli più problemi possibile e farli tornare da dove sono venuti. Ma sono guidati da Lupo Solitario e lui è un tipo duro come le montagne che ci circondano. Non si arrenderà senza combattere."

Mentre uscivano dall'ingresso principale, con Reuben e Roose in prima fila, il sole splendeva su di loro con un'intensità che era quasi insopportabile. Come ricognitori, indossavano cappelli di paglia a tesa larga e abiti di renna che davano un pò di protezione. Ben Cougan, il terzo ricognitore, si era portato un parasole che faceva vorticare con grazia tra le dita grosse come salsicce. "Me lo sono preso da una prostituta di El Paso. La cosa migliore che mi abbia dato, era bruttissima."

"Detto da un Adone," ridacchiò Roose.

"Che hai detto?"

"Niente, Ben," disse Rosse con un sorriso, "commentavo solo il tuo splendido aspetto e come puoi affascinare le ragazze più belle e convincerle a venire a letto con te." Gli fece l'occhiolino.

Cougan lo guardò male e non credette a una parola. Era un individuo pericoloso e imprevedibile, ma Reuben lo aveva buttato a terra più di una volta e disse solo, "Lascia stare, Ben." Bastava.

Il paesaggio ondulato era una pianura arida e irregolare, la terra compatta punteggiata di rocce e cespugli di salvia. I tre ricognitori furono colpiti da un odore acre e gli uomini si sollevarono le bandane per coprire naso e bocca.

Procedevano a passo deciso, guidando i cavalli sul terreno irregolare, sapevano che la cosa più pericolosa era che uno dei cavalli si slogasse una caviglia. Di tanto in tanto un serpente a sonagli sibilava in avvertimento e alzavano lo sguardo quando vedevano un'aquila. A parte questo, non si muoveva nient'altro e gli unici suoni erano il rumore degli zoccoli e i gemiti della cavalleria al limite della noia.

"Non mi piace," disse il giovane secondo, il tenente Nathan Brent, dal viso pulito e immacolato nonostante il calore. Aveva raggiunto i ricognitori che procedevano a un centinaio di passi dalla colonna.

Roose, chino in avanti, le mani sul pomello della sella, gli rivolse uno sguardo incoraggiante, gli piaceva quell'impazienza e innocenza. "Che cosa non vi piace, tenente?"

"Guardate," allargò il braccio in un arco teatrale, "siamo all'aperto. Potrebbero esserci Comanche nascosti in un canale, pronti all'attacco."

"Intendete un agguato?" si inserì Cole.

"Sì, esatto."

"Che suggerite, tenente?" chiese Roose, stirandosi la schiena. "Potremmo allargarci, ma non credo che ci siano indiani qui fuori."

"È più probabile che si nascondano fra le rocce," disse Cole, indicando delle montagne in lontananza, che spuntavano dal terreno grigio come denti di giganti. 'Le cime sono virtualmente impossibili da scalare, ma c'è tutto un sistema di cave, rupi e sentieri nascosti dove può nascondersi chiunque."

"Allora dovremmo controllarle, visto che andiamo in quella direzione."

Cole sembrava a disagio e guardò Roose.

"Per arrivarci ci vogliono almeno due ore, tenente. Non torneremmo prima di notte." Si guardò intorno, allungò una mano in una delle borse della sella e tirò fuori un binocolo di precisione. Esaminò la pianura a sinistra e grugnì quando vide quello che cercava. "Laggiù ci sono degli alberi e ginestre che daranno riparo dal sole ai cavalli. Il mio consiglio è di accamparsi lì e aspettare il nostro ritorno." Continuò a usare il binocolo per coprire ogni direzione.

"E mettere dei picchetti," disse Cole. "I vostri uomini migliori."

I tre ricognitori percorsero la pianura di buon passo, seguivano un percorso con meno frammenti di roccia. Mentre si avvicinavano alla base delle montagne, il pendio aumentò considerevolmente, costringendoli a deviare a est per cercare un modo di entrare fra le montagne.

Allargandosi in una grande depressione, il paesaggio cambiò all'improvviso, con erba e piccole zone con alberi che sostituivano il grigio uniforme della pianura. Fu lì che videro alcuni edifici di legno. Tirando le redini, Roose prese di nuovo il binocolo. "Perfetto, c'è una casetta. Sembra ben costruita e nuova, dietro ha una zona recintata. Forse è un orticello. C'è una piccola stalla ma non vedo cavalli... C'è un pozzo e a..."

La voce gli venne meno e abbassò lentamente il binocolo per poi voltarsi verso Cole, che aspettava in silenzio.

"Che cosa?"

"C'è qualcosa dietro il pozzo..." Alzò di nuovo il binocolo e mise a fuoco. "Sembra... non riesco a capire perché è nascosto dal pozzo..."

"Andiamo laggiù," disse Cougan, fermandosi un attimo a sputare da sopra il collo del cavallo. "Non si muove niente nel raggio di chilometri in questa terra morta. Ci crescono solo cespugli di ginestre. Perché qualcuno vorrebbe vivere qui?"

"Hanno lavorato sodo, chiunque sia," disse Roose, continuando a esaminare l'insediamento,"hanno piantato un bel pò di grano. Sono veri contadini, non dei dilettanti. Guarda quei campi, non è il lavoro di qualcuno che non sa quello che fa."

"E allora dove sono?"

Roose abbassò di nuovo il binocolo e rispose alla domanda dell'amico alzando le spalle.

"Io vado laggiù, disse Cougan e chiuse il parasole per poi metterlo dietro il pomello della sella. "Più tempo passiamo qui, più è facile che finiamo fritti. Inoltre, forse hanno del cibo, una buona tazza di caffè e del pane." Leccandosi le labbra, si diede una pacca sull'abbondante ventre, allungò una mano dietro di sé e prese la carabina Spencer. "Voi venite?'

"Non mi piace," disse Roose. "Sembra ben tenuto e tutto, ma perché non c'è nessuno?"

"Forse sono dentro a mangiare," Cougan colpì i fianchi del cavallo e partì lungo il pendio. "Vado a vedere." Presto lasciò seguì un sentiero nell'erba.

"Lo seguiamo?"

"No," disse Cole. "Arriviamo dai fianchi. Tu vai a destra. Fai un giro largo e quando arrivi dall'altra parte scendi da cavallo e muoviti lentamente."

"Ti aspetti problemi?"

"Non so cosa aspettarmi," disse Cole, controllando il Winchester con una certa attenzione, "ma qualcosa non torna. Tutti i cavalli che mancano mi preoccupano, Sterling, questo posso dirtelo." Bevve dalla borraccia e scese di sella. "Andrò a piedi. Se senti sparare, dimentica quello che ho detto sul da fare e vieni di corsa."

Mordendosi il labbro inferiore, Roose guardò di nuovo dal binocolo, scosse la testa e si allontanò.

CAPITOLO SETTE

Gemendo per lo sforzo, Cole si alzò a sedere sul letto mentre Maddie entrava nella stanza. Inclinò la testa e lo studiò con disprezzo, serrando le labbra e alzando il mento. "Guardati, Cole."

"Buon giorno anche a te, Maddie."

Cercò di mettersi più comodo grugnendo e gemendo, cercando di trovare la posizione migliore. Lei gli si avvicinò e lo attirò a sé mentre gli sprimacciava uno dei tre cuscini che aveva dietro la schiena e poi farlo appoggiare di nuovo alla testiera ben imbottita del letto. "Sembra che ti serva una mano."

"Qualsiasi cosa da parte tua mi sarebbe d'aiuto."

Maddie fece un passo indietro e gli tolse una ciocca di capelli dalla fronte. "Non farti sentire da Sterling."

"Quando glielo diciamo?"

Maddie fece una smorfia, si voltò verso la porta della camera da letto e poi di nuovo verso di lui. "Shh, sciocco! È qui fuori e sta parlando con gli altri. Arriverà tra un minuto."

"Rispondi."

"Non adesso, idiota! Prima, quando mi ha detto quello che è successo, credo che abbia sospettato qualcosa."

"E perché?"

"Dannazione, Cole! Sei stupido o cosa? Per la mia reazione a quello che ti hanno fatto. Mi sono quasi messa a piangere per la preoccupazione."

"Non c'è bisogno di preoccuparsi per me, Maddie. Ho passato di peggio, credimi. Allora, che ha detto?"

"Niente, grazie a Dio. Credo di essere riuscita a distrarlo quando gli ho detto che avrei riferito al giudice quello che è successo a Gunther."

"Gunther? Vuoi dire che è tornato?"

Prendendo tempo, controllando e ricontrollando la porta, disse a Cole quello che era successo nella prigione. Lui ascoltò senza commentare e quando finì Maddie gli sistemò le coperte sul petto. "Comunque, è deciso ad andare nelle praterie a cercare gli uomini che ti hanno fatto questo. *Guardati*, Reuben!" Per la prima volta, sulle palpebre di Maddie si videro delle lacrime e una le scivolò lungo la guancia. "Dannazione, non volevo piangere ma... *vai al diavolo, Reuben!*"

Lui la prese per le braccia mentre lei stringeva i pugni. Maddie sobbalzò. "Non è stata colpa mia, Maddie! Sono venuti durante la notte, volevano rubare tutto quello che potevano. Hanno rotto due o tre delle cose più belle di mio padre. A uno ho sparato e l'ho ucciso, l'altro mi ha colpito, si è nascosto dietro la porta. Forse non stavo pensando."

"E quando mai lo fai?"

"Solo con te, Maddie. Ti amo."

Lei si formò, perdendo colore e tensione. Per un attimo, a Cole sembrò che lei si rimettesse a piangere. Lui stava per aggiungere altro ma, prima che potesse farlo, lei si riprese e si liberò dalla sua stretta. "Che ne sai dell'amore, Reuben? Hai passato metà della tua vita in giro e l'altra metà recluso in questa grande casa vuota."

"Finché non sei arrivata tu."

"*Finché*... Reuben, abbiamo passato pochi attimi insieme."

"E in quegli attimi mi sono reso conto di quanto ho bisogno di te."

Gli occhi di Maddie brillarono per un misto di sorpresa, tristezza e qualcos'altro... Cole desiderò fosse speranza. Un desiderio condiviso di stare insieme. Lo aveva sentito quando l'aveva avuta tra le braccia l'ultima volta che erano stati insieme. Il modo in cui si era accoccolata contro di lui, la voce dolce. Reuben sapeva che quello che avevano superava la mera fisicità. Adesso, con quegli occhi sgranati, lo vedeva di nuovo.

Lei fece per parlare, poi rimase senza fiato quando il suono di passi che si avvicinavano rese impossibile continuare la conversazione.

"Bene bene, che bell'immagine."

Era Roose, nel vano della porta, il cappello inclinato e i pollici nel cinturone. Maddie girò su se stessa e fece una risatina, che a Cole sembrò forzata e falsa. Se Roose se ne era accorto, non lo disse né cambiò posizione. "Sterling, sei un imbecille," disse Maddie. "Sto solo confortando Reuben, che è più di quanto stia facendo tu. *Guardalo.*"

Allontanandosi dalla porta, Roose si fece avanti, il suono dei suoi stivali nefasto nella stanza piccola e buia. "Facciamo entrare un pò di luce," disse, rollandosi una sigaretta.

Maddie andò subito alla finestra principale e aprì le imposte. La luce entrò subito e illuminò il pulviscolo che danzava nell'aria. "Caspita, a questo posto serve una bella pulita," disse.

Roose sorrise al vecchio amico. "Quello che dice è vero, Reubs, ti hanno conciato per le feste."

Inconsciamente, Cole sentì la mascella gonfia. Il punto che gli faceva più male erano le costole, dove lo avevano preso a calci. Sul momento non lo aveva sentito, dato che gli avevano aperto il cranio come un uovo. Le bende erano intrise di sangue secco. "Per togliermi questo coso dovrò rasarmi la testa," disse, toccando la benda.

"Non toccare," sbottò Maddie, allontanandogli la mano con uno schiaffo. "Sei stupido? Il dottore ha detto di riposare, quindi riposa."

"Ha ragione," disse Roose accendendo la sigaretta. Esalò un lungo tiro. "Ho tre uomini che aspettano fuori. Abbiamo intenzione di seguire le tracce dei tuoi assalitori. Abbiamo un testimone che dice di aver visto tre uomini andare in tutta fretta verso nord ovest. L'unica città nel giro di cento miglia a nord ovest è Lawrenceville."

"Sai che non è la città più accogliente del mondo."

"È ancora per lo più senza legge. Ma due anni fa c'è arrivata la ferrovia, le cose devono essere migliorate. Un uomo di nome Kestler è il connestabile."

"Lo conosci?"

"Ne ho sentito parlare. Non si dicono cose molto buone, su di lui."

Reuben fece per scalzare le coperte, ma Maddie ci arrivò per prima, "Che pensi di fare, Reuben Cole?"

Lui rise. "Mi alzo, metto gli stivali e vado con loro."

"Invece no," disse subito Roose, annuendo allo sguardo implorante di Maddie. "Ci farai solo perdere tempo."

"Sai che non è vero. Sono il ricognitore migliore della contea."

"Questo è vero, ma non sei in condizione di aiutarci. Posso farcela da solo."

"Sì, certo, ma con me al tuo fianco andrà meglio."

Roose esalò il fumo. "No, Reuben. Non posso correre il rischio. Il dottore ha detto..."

"Esatto, Reuben," si inserì Maddie, "il dottore ha detto che devi riposare, non puoi correre il rischio di riaprire la ferita alla testa. Devi *guarire*, Reuben."

"Maddie," disse Cole, facendo del proprio meglio per mantenere la calma, "perché non esci un attimo, ti assicuri che i ragazzi abbiano le borracce piene d'acqua." Lei lo guardò male. "Per favore, Maddie."

Lei si arrese. Non sembrava molto felice, ma uscì, il vestito lungo spazzava il pavimento e alzava altre nuvole di polvere.

Guardandola andare via, Roose si voltò verso l'amico. "Sembrava molto preoccupata per te, Reubs."

"È sempre stata gentile."

Annuendo, Roose gettò la sigaretta e la schiacciò con lo stivale. "Per quel che ne sapevo, non vi conoscevate molto bene."

"Beh, è vero, Sterling. Diamine, sei geloso?"

"Geloso? No. Perché, dovrei esserlo?"

"Per niente, vecchio mio."

"Bene, tutto a posto allora." Si sistemò il cinturone. "Affiderò quei vermi alla giustizia, Cole. Puoi contare su di me."

"So di poterlo fare. Non riguarda le tue capacità, lo sai."

"Ricordi nel Settantaquattro, quando abbiamo attraversato le praterie con Cougan?"

"Oh Signore, perché ci pensavi?"

"Non lo so. Mi è tornato in mente l'altro giorno. Un ricordo chiaro. Quasi come se lo rivivessi."

"Beh, di certo non vuoi rifarlo."

"Lo so, ma..." Fece un respiro profondo e si sedette sul letto accanto al vecchio amico. "Quei ladri hanno preso quasi la stessa strada. Mi ha fatto pensare, tutto qui."

"Ripensare a quei giorni, Sterling..." Scosse la testa. "Non sono sogni, sono incubi."

"Mi è arrivato un rapporto via telegrafo. Un sussurro, a essere onesti. Un gruppo di Comanche è scappato di nuovo."

"Come?" Cole si alzò a sedere, ignorando il dolore, ma stringendo comunque i denti. "Quanti?"

"Non lo so. Mezza dozzina. Dei giovinastri stanno

facendo un casino, fanno agitare alcuni dei vecchi. Hanno derubato una banca in una cittadina a cinquanta miglia da El Paso. Hanno ucciso due cassieri e ferito una ragazza." Guardò Cole negli occhi. "Era incinta e ha perso il bambino."

Girando di scatto la testa, Cole si morse il labbro. "Non finirà *mai*."

"C'è la possibilità che li incrociamo mentre inseguiamo gli altri. se succede..." Si sporse in avanti. "Cole, ti ricordi quando abbiamo trovato quella casa abbandonata?"

Cole grugnì e annuì una sola volta.

"Ricordi come siamo entrati? Quello che abbiamo trovato?"

"Che stai cercando di dire, Sterling?"

"Non sono sicuro di poterlo rifare."

"Ti perseguita, vero?" Roose annuì, incapace di guardare in faccia l'amico. "Allora parliamone e scacciamo quei fantasmi per sempre."

CAPITOLO OTTO

I ricordi tornarono, vividi come se risalissero al giorno prima. Cole ascoltò attento, tutto il disagio dimenticato nel momento in cui Roose tornava a quel momento di trent'anni prima, quando avevano raggiunto la casa abbandonata.

Roose fece una curva ampia, lasciando che il cavallo mantenesse il passo, usando l'erba alta come copertura parziale nei confronti di chiunque potesse tenerlo d'occhio dalla casetta. Da circa due o trecento metri aveva piena visuale sull'insediamento, si fermava di tanto in tanto per guardare l'edificio con il binocolo. Vide Cougan che camminava nell'erba con il fucile in mano. A venti passi di distanza, l'omone era sceso da cavallo e ora avanzava sprezzante, andava dritto verso la porta aperta della casa senza prestare attenzione al fagotto dietro il pozzo. Curioso, Roose si concentrò di nuovo su quello che sembrava un mucchio di abiti.

Finché non vide il braccio nudo.

Fece cadere il binocolo e spronò il cavallo, tagliando un sentiero nell'erba che ondeggiava mossa da una brezza calda che soffiava sui campi.

Un grido, più simile a un abbaiare strozzato, e

Cougan fu all'ingresso della cabina, barcollava come un ubriaco, era a mani vuote e senza il fucile. Roose fece girare il cavallo e saltò giù di corsa, puntò la carabina e si mise in ginocchio quando fu a breve distanza e mirò alla porta.

"Cougan?" Aspettò che il compagno si muovesse o dicesse qualcosa. Tuttavia, non ci fu una reazione precisa, si limitò a ondeggiare da una parte all'altra. Il viso di Cougan, grigio come la cenere, sembrava essere diventato di pietra, la bocca e gli occhi spalancati ma senza vita. Roose pensò con una certezza inquietante che fosse diventato un fantasma. Già morto.

Qualcosa si mosse dietro Cougan, inerte. Una sagoma, forse un uomo. Roose sparò un solo colpo nel buio della casetta, il proiettile di grosso calibro che volava sopra la spalla sinistra di Cougan. Si sentì un grido strozzato e poi silenzio.

"Cougan?" Roose sibilò di nuovo. Questa volta con più urgenza, mentre caricava un altro proiettile nella Spencer. Inspirò e si calmò. In attesa, che era sempre la cosa più difficile da fare quando si sparava, Roose rimase in ascolto di qualsiasi suono o movimento dall'interno.

Non ci fu nulla.

Mantenendosi basso, Cole si avvicinò al lato della casa più vicino alla montagna. A una dozzina di passi dalla casa, si abbassò sul ventre e si mise a strisciare. Il mucchio di abiti dietro il pozzo catturò la sua attenzione e, da quell'angolazione e a quella distanza, vide chiaramente che era un cadavere. Una giovane donna, contorta nell'inconfondibile posa della morte.

Cougan uscì dalla porta e ondeggiò come un salice. Cole si allontanò rotolando, deciso a occuparsi della parte posteriore della casa. Raggiunto l'angolo, si accucciò e controllò il Winchester. Stava per muoversi quando lo sorprese lo sparo della carabina di Roose e rimase in attesa, a bocca aperta, cercando di sentire qualcosa.

Un gemito soffocato dall'interno dell'edificio. Sicuramente un uomo, probabilmente gravemente ferito.

O forse era solo un trucco per attirare Roose all'interno.

Con qualche respiro affrettato, Cole si arrischiò a guardare dietro l'angolo.

C'era un uomo, in ginocchio all'ingresso della stalla dall'altro lato del cortile posteriore. Cole schizzò a nascondersi dietro la casa. Aspettò con gli occhi chiusi, ricordando l'aspetto dell'uomo. Capelli lunghi, camicia blu, pantaloni di pelle. Un Indiano, forse un Comanche o un Kiowa. Si azzardò a guardare di nuovo.

Al di là della staccionata qualcuno portava via i cavalli al galoppo. Forse una mezza dozzina di uomini, qualcuno chino sul proprio cavallo, che conduceva gli animali legati verso i campi, facevano alzare nuvole di polvere dato che l'erba non era in splendide condizioni. Forse gli abitanti dell'insediamento, o dei contadini più probabilmente, l'avevano lasciata a maggese per la stagione successiva. Cole chiuse la bocca. Non avrebbero mai più coltivato quel terreno.

Si azzardò a guardare di nuovo la stalla. Adesso erano in due e, fino a quel momento, non lo avevano ancora visto, per cui Cole si nascose, si appiattì contro il muro e aspettò. Appena fossero usciti allo scoperto, si sarebbe mosso anche lui.

Non poteva sapere quanti altri banditi erano nascosti nell'insediamento. Aveva stimato che almeno in sei stavano scappando con i cavalli. Si diceva che almeno una dozzina di Indiani fossero scappati dalla riserva, per cui dovevano essercene altri sei in giro. Se Roose ne aveva ferito uno nella casetta, ne restavano altri cinque.

Cole si premette il Winchester contro il petto e

cercò di calmare il respiro. I Comanche e i Kiowa sapevano muoversi in silenzio. Potevano anche essere già arrivati sul retro della casetta.

Con un respiro profondo, Cole si mosse.

Dato che dall'interno della casa non venivano rumori o movimenti, Roose decise di abbassare la carabina. Cougan continuò a ondeggiare in modo strano, ma Roose aveva la sensazione che l'altro fosse quasi certamente morto. Il suo corpo massiccio era appoggiato allo stipite, l'unica cosa che lo reggeva in piedi. Ma la cosa che preoccupava maggiormente Roose era il non vedere il fucile.

A testa bassa, uscì dal suo nascondiglio e corse mezzo accovacciato fino al pozzo, gettandosi contro la parete curva. Da quell'angolazione aveva la copertura perfetta per proteggersi se dalla casa qualcuno gli avesse sparato. Ma non dalla stalla.

C'erano due uomini sulla porta e anche loro correvano.

Mentre loro correvano, all'ingresso della stalla ne apparve un altro che li copriva con un arco dalla freccia quasi incoccata.

Roose si gettò a sinistra mentre la freccia colpiva il pozzo e rimbalzava verso l'alto. Lo avevano visto e lui non poteva più muoversi.

In attesa, immaginando che l'indiano con l'arco stesse incoccando un'altra freccia, si alzò in piedi e sparò tre colpi in rapida successione verso l'ingresso della stalla. I proiettili finirono nel lego e fecero schizzare delle schegge, ma non ci furono urla o sangue. Puntando di nuovo la Spencer verso la casetta, Roose sparò altri tre colpi. Rimasto senza proiettili, gettò la carabina e prese la Colt. Si sentirono altri spari, vicini.

. . .

Cole uscì dal suo nascondiglio, in piedi a gambe larghe, il Winchester puntato, mentre i tre spari risuonavano nello spiazzo tra la parte posteriore della casetta e la porta della stalla.

Li vide. Due guerrieri, asce in pugno, silenziosi come rapaci in cerca di preda.

Risuonarono altri tre spari nella casetta e Cole rispose, sparando sugli uomini. Ogni proiettile andò a segno, colpì prima un uomo, poi l'altro, in pieno petto, facendoli andare all'indietro. Poi Cole sparò altre due volte a ognuno di loro, facendogli scoppiare la testa in uno spruzzo rosa con pezzi bianchi di osso.

Un uomo uscì dalla stalla e puntò l'arco verso di lui, ma Cole gli sparò e lo atterrò.

Scese il silenzio, inquietante e spettrale, e Cole rimase in piedi a guardare la scena, senza emozioni. Aveva combattuto i Comanche per anni. Non era niente di nuovo. Sapeva di cosa erano capaci quei guerrieri, le aggressioni spietate erano quasi leggendarie. Anche da morti sembravano terrificanti.

Si sentirono dei passi all'interno della casetta e Cole si girò, si mise in ginocchio, il revolver in mano e il Winchester scarico.

La porta posteriore della casetta rimase chiusa. Una voce che lui conosceva lo chiamò dall'interno. "Cole? Sono io, non sparare."

La porta si aprì e apparve Roose, bianco come un lenzuolo. "È brutta, Cole." Mise la Colt nella fondina per l'estrazione incrociata. "Molto brutta."

Senza dire niente Cole prese il Winchester e superò l'amico dentro la casetta.

Gli occhi dovettero abituarsi al cambio di illuminazione.

Una stanza grande, dove un tempo una famiglia si sarebbe seduta intorno a un tavolo a cenare, condividendo risate e il rigore della giornata di lavoro. Conversazioni normali. Un padre che lavorava sodo, segaligno, forte. I suoi due figli, dinoccolati, non ancora maturi. La moglie. Semplice ma determinata. Una figlia.

Cole sapeva tutto. Riusciva a vederli.

La figlia era fuori, accanto al pozzo. Doveva essere scappata e aver cercato di salvarsi. Una freccia nella schiena.

Era andata così?

Non sapeva della ragazza, ma sapeva com'era stato per gli altri.

La moglie era stesa sul tavolo con braccia e gambe aperte. Nuda, il corpo violato, la bocca aperta in un urlo silenzioso, i tratti contorti dal dolore. Dopo che l'avevano usata, l'avevano aperta come un melone maturo con un Bowie a lama lunga, fino allo sterno.

I maschi della famiglia non avrebbero potuto aiutarla nemmeno se fossero stati testimoni. I due ragazzi erano appesi per i piedi alle travi del tetto. Nudi, il sangue che colava loro in rivoli neri lungo in corpo per poi finire nei capelli impiastricciati.

Tra di loro, appoggiato al focolare freddo, il padre. Gli avevano allargato le braccia e gliele avevano legate alla mensola sul caminetto per farlo sembrare un rapace che volteggiava sui morti. Gli avevano mozzato mani e piedi e lo avevano lasciato a dissanguarsi nel tormento e nell'orrore, a guardare quello che doveva sopportare la moglie e incapace di aiutarla.

"Che facciamo?"

Cole si voltò verso l'amico. Tra di loro passò qualcosa. Tristezza, ma anche accettazione. Erano arrivati troppo tardi per aiutare quelle persone e non lo avrebbero mai dimenticato.

"Li seppelliamo," disse Cole con voce incolore, "poi bruciamo tutto."

Roose si schiarì la gola e distolse lo sguardo dagli orrori intorno a lui. "E Cougan?"

Con un grugnito, Cole andò dal loro compagno. Il coltello gli sporgeva ancora dalla schiena. Avrebbe potuto essere lo stesso usato per la donna. Cole mise una mano contro la schiena di Cougan e tirò via la lama grossa, la carne emise un rumore di risucchio nel disperato tentativo di trattenere il metallo freddo. Uscì con un rumore rivoltante e Cole spinse Cougan in avanti, facendolo cadere come un grande albero e finire a terra a faccia in giù.

"Dopo che li abbiamo seppelliti, diamo la caccia agli altri." Cole si voltò e guardò l'amico. "Da soli. Tu ed io. E quando li troviamo gli farò quello che hanno fatto a questa povera gente."

Roose alzò lo sguardo e sapeva che l'amico era sincero.

CAPITOLO NOVE

"Le cose erano molto diverse, all'epoca," disse Cole, dopo che entrambi ebbero condiviso ricordi di un quarto di secolo prima. Fissò lo sguardo in un punto impreciso, ricordò quelle immagini, il bruciante desiderio di vendetta che prendeva di nuovo vita. "Diamine, *io* ero diverso."

"E sta succedendo di nuovo."

"Non è proprio lo stesso, Sterling. Quelli che sono scappati dalla riserva non sono come quegli altri."

"Non abbiamo maicatturato il capo."

Ho sentito dire che Lupo Solitario è morto. Qualcuno gli ha sparato e ha gettato il cadavere in una fossa sommersa sulla strada per il New Mexico."

"Ci credi?"

Battendo le palpebre, Cole aggrottò la fronte e studiò l'amico. "Che vuoi dire?"

"Sembra strano, tutto qui. Che questi altri abbiano..."

"Non mi avevi detto che c'era un giovanotto che li ha aizzati e convinti a scappare?" Roose annuì. "Beh allora non sarà Lupo Solitario. Anche se non è morto con un proiettile in testa, ora come ora è vecchio come il mondo. Starà a malapena in piedi. Dovrebbe avere... buon Dio, dovrebbe avere quasi novant'anni."

"Ho sentito dire che vivono a lungo."

"Non *così* tanto, Sterling. E anche se fosse ancora vivo dubito che sarebbe in grado di salire a cavallo. Sarebbe vecchio e stanco e *non ce la farebbe*."

"'Non è così anche per noi, Cole? Credi che abbiamo ancora la stoffa?" Fece un respiro sibilante e qualcosa gli rumoreggiò nel petto, come chiodi in un secchio arrugginito. "A essere onesti, non ne sono sicuro. Forse siamo troppo vecchi per questo mestiere, per questa terra. Per questa vita."

Inconsciamente, Cole si toccò la nuca e le bende pesanti. Ridacchiò. "Forse su questo hai ragione, Sterling, vecchio mio. Forse hai ragione."

Per un attimo l'atmosfera deprimente pesò su entrambi come se fosse viva. Cole dovette impegnarsi per togliersela di dosso, ma lo fece, si riscosse, le rughe intorno agli occhi che si facevano più profonde. "Sterling, fammi venire con te. Se vai in questo stato chissà che cosa..."

"*No Colei!* Te l'ho detto, non sei in condizioni di metterti a cavallo."

"E tu sì? A me hanno dato una botta in testa, Sterling, ma tu... Quello che hai tu taglia più in profondità di quello che è successo a me."

"Tu devi restare a letto," si inserì Maddie, che entrò in camera dopo aver molto probabilmente ascoltato la loro conversazione dal pianerottolo. "Devi riposare. Ordini del medico."

"Il dottore può andare..."

"No, non può, Cole," disse lei, avvicinandosi. Mise una mano sulle spalle di Roose. "Non sono felice nemmeno di vedere andare te, Sterling. È pericoloso."

"Nessun altro è abbastanza preparato per farlo."

"Non ha senso." Maddie si sollevò le gonne e si gettò sul letto. "Sono entrati e hanno preso delle cose. Non vale la pena morire per questo."

"Nessuno morirà," disse Roose, ma il tono della sua voce non convinceva nessuno.

Maddie sospirò. "Sei cocciuto, Sterling. Cocciuto e stupido."

"Potresti aspettarmi," suggerì Cole, guardando dall'uno all'altra. "In questo modo potremo scovarli insieme e se c'è da combattere potrei..."

"A quel punto, avremmo già perso le tracce," disse Roose, scuotendo la testa senza osare guardare l'amico negli occhi. "Bisogna farlo ora. Se se la svignano, poi torneranno. La tua non è l'unica casa grande piena di tesori."

"Si possono a malapena definire tesori, Sterling."

"Sai quello che voglio dire. Se li lasciamo scappare, ogni giovane teppista da qui a Carson City penserà di poter venire qui e fare quello che vuole. Devo trovarli e consegnarli alla giustizia. Lo sai, Cole."

Cole grugnì, guardò Maddie e, scrollando le spalle, alzò le sopracciglia per acconsentire.

Maddie rimase a braccia conserte e li guardò allontanarsi al trotto, lasciare i terreni di Cole e prendere il sentiero consunto verso nord. Li guardò finché non divennero dei puntini e, anche allora, rimase dov'era, a desiderare che fosse un sogno, di potersi svegliare e scoprire che tutto era come avrebbe dovuto essere. Sicuro. *Normale*.

"Se la caverà."

Voltandosi, guardò in corridoio e vide Cole, in piedi e immobile, una mano sulla balaustra per tenersi in piedi.

"Vorrei poterti credere."

"Non è come prima," disse lui, cercando di rassicurarla. "Anni fa, quando eravamo lì fuori, il mondo era diverso. Una terra selvaggia, incontrollata, con pericoli a ogni angolo. Non è più così."

"Ho sentito quello che avete detto. C'è stata un'evasione."

"Sì, ma non è niente..."

Maddie alzò una mano per interromperlo. "Ti ho sentito. I tempi sono cambiati. Ma comunque non riesco a rilassarmi." Con un ultimo sguardo fuori, Maddie si voltò e andò dritta da lui, prendendogli il viso fra le mani e baciandolo. "Dovresti essere a letto."

"Se vieni con me."

Inclinando la testa, Maddie non poté fare a meno di sorridere. "Credi di farcela?"

"Aiuta queste vecchie ossa a salire le scale e ti faccio vedere."

CAPITOLO DIECI

Si accamparono in fondo a un ampio avvallamento, dove delle acacie davano loro un pò di ombra e c'erano acqua ed erba per i cavalli. Tirando fuori gallette e bacon, Notch accese subito il fuoco e mise il cibo in una padella nera per friggerlo. L'odore fece venire l'acquolina in bocca a tutti. Notch versò del caffè e lo bevvero con entusiasmo.

"Come stai adesso, Sollo?" chiese Pete, appoggiandosi a un tronco nodoso, allungando le gambe con un'espressione deliziata.

"Sto bene." Ruotò la spalla ferita come per sottolineare le proprie parole. "Siamo a qualche ora da Lawrenceville, ma è meglio se riposiamo e mangiamo prima di andare. Voglio che restiamo in allerta, ragazzi."

Notch alzò lo sguardo dalla padella, "Perché dici così? Ti aspetti guai?"

Soloman scrollò le spalle. Era steso sulla schiena, il cappello sugli occhi, le braccia dietro la testa. Lo stomaco gli brontolò rumorosamente. "Forse. Non mi fido di Kestler, nemmeno un pò."

"Credevo avessi detto che lo conosci da anni?"

"Sì. Ma questo non lo rende meno una serpe. Non è mai stato completamente affidabile."

"Allora perché te la facevi con lui?" gli chiese Pete, incredulo.

"Già," disse Notch con voce cavernosa, "il vecchio Peebie c'ha rimesso la pelle, no? Ne valeva la pena?"

Su di loro scese un silenzio pesante, l'unico suono che si sentiva era il grasso che sfrigolava in padella. Notch lo mescolò con poca convinzione. "Non sarebbe mai dovuto succedere. Avevi detto che la casa era vuota."

"Kestler mi *aveva detto* che sarebbe stata vuota."

"E tu gli hai creduto."

"Non avevo motivo di dubitare." Soloman si alzò a sedere, rosso in viso, pieno di rabbia. "Mettiamo in chiaro una cosa, Notch, la morte di Peebie non è stata colpa mia."

"Non ho mai detto questo." Notch cambiò posizione, con umore cupo. "È pronto. Vorrei avessimo del pane." Mise le gallette e il bacon nei piatti di stagno e li porse agli altri. Pete prese il proprio senza cerimonie e cominciò subito a mettersi grosse cucchiaiate in bocca avidamente. Soloman prese il proprio piatto con più educazione, fece un cenno di ringraziamento e mangiò con calma.

"Ero nel saloon Il Decino Fortunato," disse Soloman senza alzare gli occhi. "Passavo lì il tempo a bere e giocare a carte. Peebie se la cavava meglio di noi e avevamo abbastanza soldi da trovare una baracca decente, con della roba da mangiare e una o due puttane. Il terzo giorno è arrivato Kestler. È un omone e sembrava riempire la stanza. Si sono zittiti tutti. È arrivato al bar, ha ordinato del whisky per sé e i suoi e poi si è accorto di me. Ha sorriso, è venuto da me e mi ha messo davanti il bicchiere. Mi ha detto che era felice di incrociarmi e che avrei dovuto bere il suo whisky. Mi erano rimasti pochi spiccioli. Credo che lui lo sapeva. Ho bevuto e lui ha sorriso di più. Mi ha detto che aveva un accordo da propormi, dato che ci conoscevamo da tempo." Soloman giochicchiò con un grumo di galletta e grasso. Lo studiò a lungo prima di metterselo in bocca. Leccandosi le labbra, allontanò il piatto vuoto e si stese di nuovo. "Ci eravamo incontrati la prima volta qualche anno prima, avevamo portato una delle ultime grandi mandrie fino al Wyoming. La ferrovia è arrivata subito dopo e ha lasciato molti di noi senza lavoro. Ma in quell'ultima traversata io e Kestler abbiamo fatto amicizia. Lui faceva soldi vendendo manzo, e ne aveva fatti tanti. Disse che sarebbe diventato sceriffo, persino maresciallo, di una città di frontiera che si chiamava Lawrenceville. Beh, c'è quasi riuscito, è il connestabile. Se ne stava lì e mi raccontava il suo piano."

Notch mise via il piatto. "Quello di entrare nelle vecchie case?"

Soloman grugnì. "C'erano ricchezze in abbondanza, così disse. *In abbondanza*. A quanto pareva, andava a letto con una di quelle donne delle pulizie che andavano regolarmente in quelle case e lei gli aveva detto tutto quello che c'era da sapere. Ci credereste che la donna gli aveva dato delle immagini?"

"Immagini?" Pete rise e si pulì la bocca con la manica. "Le ho viste. Le chiamano fotografie. Sono come dei quadri, ma senza colori."

"Giusto," disse Soloman. "Me ne ha fatte vedere qualcuna della casa in cui siamo entrati. Ha detto che voleva i vasi e i quadri. Ha detto che erano le cose di maggior valore, ma c'erano anche statuette di porcellana. Dalla Germania. Le voleva. Dovevamo stare attenti e..."

"Ce l'hai già detto," disse Notch, irritato. "Ma Pete ha rotto quel grosso vaso blu."

A quelle parole, Pete alzò gli occhi, il grasso che gli colava dagli angoli della bocca. "Notch, è stato Peebie."

"Col cazzo,' sbottò Soloman...So che sei stato tu."

"Quel tizio ci ha colti di sorpresa. Pensavo che la

casa fosse vuota, come avevi detto tu! Poi, quello ha sparato a Peebie e tutto il resto... volevo solo andarmene il prima possibile."

"Hai detto che non sapevi chi era quel tizio, vero, Sollo?" chiese Notch. "Kestler lo sapeva?"

"No. Kestler non ha mai fatto nomi, mi ha solo detto di prendere qualcuno, entrare in casa e uscire. Poi dovevamo fare la stessa cosa con altre due case. Mi ha fatto una mappa. Aveva organizzato tutto."

"Reuben Cole. Se avessi saputo... non penso che avrei accettato. Gli Indiani lo chiamano Hiom. 'Colui che viene.' Sai perché?"

"Adesso me lo dici, sicuro."

"Perché non smette mai."

"Non smette mai che cosa?"

"Di darti la caccia finché non sei morto e sepolto." Rabbrividì. "Se lo avessi saputo..."

"Che cavolata," sbottò Soloman. "Te l'ho detto, è morto."

"Non puoi saperlo, come *ti ho detto*!"

"Beh..." Soloman si girò sul fianco. "A Kestler non importava. Ha detto che avrebbe trovato un'altra banda per fare la stessa cosa più a nord."

"Un'altra banda? Che è, Soloman? Non hai mai detto niente di un'altra banda!"

"Datti una calmata, Notch," disse Soloman, girandosi di nuovo e rimettendosi il cappello sugli occhi. "È impossibile che li incontriamo. Ho detto che sono a nord."

"Comunque l'idea di dividere non mi piace."

"Beh, come va va" disse Soloman con voce stanca, quasi rassegnata, "dobbiamo dare tante spiegazioni. Uno, non abbiamo vasi e due, non siamo mai stati nelle altre case. Kestler non ne sarà felice."

"Ma la morte di Peebie ha cambiato tutto," disse Pete, sottovoce.

"Sicuro," disse Soloman accalorandosi, "ma dubito che Kestler la vedrà così."

"Giuro, mi dispiace tanto per quel vecchio vaso. Credi davvero che si arrabbierà?"

"Molto di più," disse Soloman. "Sarà incazzato nero."

CAPITOLO UNDICI

Quasi tutte le mattine, Lace Givens usciva sul grande portico coperto e guardava le sue terre. Chiudeva gli occhi e inspirava, ringraziando Dio per tutte le cose buone che aveva ricevuto. Era una specie di rituale e, se per un motivo o per l'altro, dimenticava o ometteva di pregare, si sarebbe sentito in colpa per tutto il giorno. Lo dimenticava raramente. Uomo dalle rigide abitudini, si poteva pensare, vedendolo ogni mattina, che avesse un'ossessione. Quel giorno in particolare, senza pensarci, uscì dalla porta e sorrise quando venne investito dal calore. Aveva gli occhi chiusi. Quando li aprì, il sorriso scomparve.

Cinque uomini a cavallo, in una riga sfumata e scura, si vedevano avanzare lentamente all'orizzonte verso casa sua.

Stavano attraversando delle terre che erano state recintate e lo erano da più di trent'anni. Givens aveva reclamato quelle terre molto tempo prima, ci aveva lavorato e sudato sopra, dando vita al ranch. Per potervi accedere, gli intrusi dovevano essere penetrati dal recinto perimetrale che segnava la fine del pascolo e l'inizio del ranch. All'epoca lo avevano chiamato zappatore. Ora lo chiamavano 'signor Givens'. Lì fuori, lui era la legge. Anche se il ventesimo secolo prometteva un totale cambiamento, quel terreno in particolare era fermo al passato. Givens non aveva nemmeno il telefono.

Forse avrebbe dovuto.

Voltandosi, rientrò in casa. Girando per la sala da pranzo, apparecchiando la tavola, il vecchio Shamus alzò lo sguardo e vide qualcosa nell'atteggiamento del padrone. Si irrigidì. "Problemi, signor Givens?"

Givens aprì l'armadietto dei fucili, prese una carabina Henry a ripetizione e la caricò con la stessa metodica precisione che usava sempre con le armi da fuoco. "Forse."

Senza dire niente, Shamus andò allo stesso armadietto e prese un fucile. I due uomini non si dissero nulla ma quando la moglie arrivò al piano di sotto dalla camera da letto del primo piano, sbadigliando, strofinandosi gli occhi, e li vide, l'atmosfera cambiò. "Che c'è?"

Givens fece scattare il cane dell'Henry. "Non lo so. Uomini a cavallo. Devono aver superato il recinto e stanno venendo qui."

"*Uomini a cavallo*? Vuoi dire dei fuorilegge?" Un urlo strozzato le sfuggì dalla gola e lei si mise una mano sulla bocca.

"Vai in camera tua," disse Givens, la voce sotto controllo. Forte e sicuro. Come sempre. "Chiudi la porta e non aprire a nessuno."

"Oh no, Lance, e se loro..."

Lui si costrinse a sorridere, ma non era molto convincente. "Deborah, chiudi la porta. Nel mio comodino c'è una colt. È carica. Usala, se necessario."

"Meglio fare quello che dice il signor Givens, padrona." Shamus caricò l'ultimo proiettile nella pistola e azionò il cane. "Vi coprirò dal pianerottolo del primo piano."

Con un grugnito, Givens fece per tornare fuori ma controllò che la moglie facesse quello che le aveva ordinato. Vide le code della camicia da notte che sparivano sugli ultimi gradini della grande scala curva e sospirò. Poi uscì.

C'erano solo tre uomini, adesso. Givens batté più volte le palpebre. Sapeva di non esserseli immaginati e quello sviluppo lo preoccupava. Pensando che gli altri dovevano aver fatto il giro verso il retro della casa, controllò da entrambi i lati ma non vide niente. Si muovevano in fretta. Esperti.

Si abbassò su un ginocchio e appoggiò la canna dell'Henry sulla balaustra del portico. Lasciò che si avvicinassero. Cavalcavano dritti sulla sella. Mentre si avvicinavano, Givens sibilò.

"Indiani," si disse.

La figura al centro era giovane, molto più giovane dei compagni, che erano due vecchi ricurvi e con i capelli bianchi, i visi abbronzati e rinsecchiti come cuoio vecchio, le rughe erano solchi profondi sulla pelle tesa. Uno aveva un cappello da cui spuntava una grossa piuma dalla punta nera. L'altro aveva i capelli lunghi. Entrambi indossavano vecchie giacche dell'esercito, un tempo blu e ora di un grigio sbiadito. Quello più giovane aveva una camicia bianca infilata in jeans neri. Il viso scolpito nel granito, i tratti decisi. Gli occhi di tutti e tre erano luminosi e attenti, schizzavano da una parte all'altra in cerca di pericoli.

A venti passi di distanza tirarono le redini, i cavalli che sbuffavano furiosamente. Doveva essere stata una lunga cavalcata.

"Come va?" disse quello più giovane, portandosi un dito alla fronte. "È proprio una bella giornata."

"Siete nel mio territorio," disse Givens, puntando il fucile contro l'uomo più giovane e che sospettava essere il capo.

"Oh," disse l'uomo vestito di bianco, rigirandosi sulla sella per guardare sorpreso i compagni. "Non lo sapevo. Pensavamo..."

"Sono le mie terre. Dovete aver scavalcato la staccionata per entrare."

Inclinando la testa, l'uomo in bianco fece un cenno di diniego. "No, no, ve lo assicuro, non abbiamo scavalcato nulla, signore."

"Allora come siete entrati?"

L'uomo ridacchiò. "Beh, nella staccionata c'era un'apertura. Abbiamo pensato..."

"Non c'era nessuna apertura. Ho controllato tutto il perimetro ieri sera. È una routine, vedete. Io e i miei uomini."

Gli altri si misero in guardia. Si irrigidirono e i due più vecchi borbottarono e si guardarono intorno, agitati. L'uomo in bianco, però, non spostò lo sguardo. "Voi e i vostri uomini?" Annuì. "E dove sarebbero ora?"

"Signore, non sono cose che vi riguardano. *L'unica* cosa che vi riguarda è uscire dalla mia proprietà."

"Come ho detto, non sapevamo che queste terre fossero..."

"Beh, adesso lo sapete, quindi via!" Per dare enfasi a quelle parole, tirò indietro il cane. "Adesso."

"Non siete molto amichevole, signore. Per nulla."

Per primo arrivò l'urlo, che apparteneva a Deborah, un suono che feriva i timpani pieno di orrore, seguito da un solo colpo di pistola. La voce di Shamus che urlava, "Oh, no, *vi prego no!*" e una raffica di colpi di piccolo calibro.

Givens si alzò istintivamente e si voltò verso gli spari.

L'uomo in bianco sparò a Givens alla nuca e finì lì.

Gli altri esultarono, balzarono giù dai cavalli e corsero in casa. Con calma, l'uomo in bianco scese di sella, prese dei sacchi di juta da dietro la sella e salì sul portico. Givens, ai suoi piedi, aveva il viso contro le assi di legno, gli occhi sbarrati, il sangue che gli si allargava intorno alla testa. L'uomo in bianco si chinò e gli tolse l'Henry dalle mani, abbassò il cane ed entrò in casa.

. . .

Dopo essersi servito il caffè appena fatto, il giovane andò ai piedi delle scale. Le grida di una donna in difficoltà arrivarono fino a lui. Urlò, "Ragazzi, smettetela di divertirvi e scendete a darmi una mano a prendere la roba.

" Uno degli uomini grugnì, un altro rise. Un unico sparo mise fine alle grida della donna.

Scesero, senza fiato, uno dei due si infilava la camicia nei calzoni, raggiante. "Cavoli, era bellissima!"

"Tenete," l'uomo in bianco tirò una manciata di sacchi verso gli altri due. "Dobbiamo fare in fretta. È ancora presto, ma ha dei vicini e devono aver sentito gli spari. Perché non avete usato un coltello?"

"Il vecchiaccio ci ha sentiti e ha provato a spararmi."

"Quindi gli hai messo in corpo mezza dozzina di proiettili?"

"Non so cos'è una mezza dozzina, Brody, ma l'ho ridotto a un colabrodo, se è questo quello che vuoi dire."

L'uomo in bianco, che era stato chiamato Brody, alzò le spalle e girò la schiena al grosso Indiano. "Quello che hai fatto ha probabilmente svegliato tutti nel giro di un centinaio di miglia e arriveranno qui a controllare." Scuotendo la testa, entrò in quella che si poteva definire una biblioteca, dato il numero di libri alle pareti. Si voltò e incrociò lo sguardo duro del compagno. "Il signor Kestler vuole i gioielli e l'argenteria, andate a prenderli. Gli altri stanno già lavorando e voi perdete tempo, *muovetevi*."

Ignorando lo sguardo indignato degli altri, Brody entrò nella biblioteca e si meravigliò del sapere contenuto in tutti quei volumi rilegati in pelle. Mise una mano in tasca e prese la lista che gli era stata data. La esaminò e vide che non si parlava di libri, il che, per lui, era da criminali. Sulla scrivania, però, c'era un oggetto che poteva subito segnare. L'immagine perfetta di una coppia che passeggiava. Due bellissime statuette di porcellana, l'uomo con un cappello a tricorno, la donna con un ampio abito bianco il cui motivo floreale era reso in maniera eccellente. Brody scosse la testa abbagliato. Ammirava l'abilità e le capacità di produrre una tale miniatura.

Già pregustava le altre delizie che si potevano scoprire in quella grande casa.

CAPITOLO DODICI

R oose e i suoi uomini seguivano la traccia abbastanza facilmente. Erano tutti e tre segugi esperti, ma Nelson Samuels era il migliore. Fu lui a notare i segni prima degli altri. "Stanno sicuramente andando verso Lawrenceville."

"È a mezza giornata di distanza. Se continuiamo, li superiamo."

"I cavalli devono riposare."

"Possono riposare quando avremo messo sotto quegli insetti disgustosi." Roose controllò inconsciamente il revolver che portava alla cintura. "Possiamo quasi vederli e non lascerò che ci sfuggano."

"Hai detto che era una caccia all'uomo, Sterling, non alla *morte*."

"Puoi tornare indietro, se vuoi," disse Roose. "Ti verrà pagato il disturbo."

"Non c'è bisogno di dire una cosa del genere, Sterling. Sono qui per portare a termine un lavoro, ma non sono un assassino."

Roose sbuffò. "Nemmeno io."

L'omone di nome Cougan stirò la schiena. "L'avete fatto con mio padre, vero, Sceriffo?"

"Sì."

"Eravate cacciatori di uomini, mi dicono."

"Non è la stessa cosa."

"Beh allora."

"Beh allora *cosa*?" Roose si voltò verso il figlio del suo vecchio amico, gli occhi che lampeggiavano pericolosamente. "Hanno quasi ucciso Reuben, gli sono entrati in casa, hanno violato i ricordi di suo padre! E in quante altre case sono entrati? Rispondete."

"Questo non lo sappiamo, Sterling," disse Samuels. "Non sappiamo niente di questi idioti.'

"So che hanno cercato di uccidere Reuben. Se li lasciamo andare, manderemo un segnale a tutti i vagabondi tra qui e i Missouri Breaks che possono venire qui a prendersi tutto quello che abbiamo!"

"Non dico che non li prenderemo o li lasceremo scappare, Sterling. Ce li portiamo dietro e gli facciamo un processo, ecco tutto."

"E se resistono?"

Samuels non rispose. Alzò le spalle e voltò la schiena allo sguardo accusatorio di Roose.

"Allora li uccideremo," disse Ryan Stone con tono piatto e senza emozioni.

Roose grugnì, fece schioccare le redini e avanzò diretto a Lawrenceville.

Quando Roose fu abbastanza lontano, Samuels diede un colpo al braccio a Stone. "Sei sicuro di poterlo fare, Ryan? Uccidere quegli uomini a sangue freddo?"

"Cavolo, signor Samuels, è come ha detto il signor Roose: hanno quasi ucciso il signor Cole. Dico, facciamoli stecchiti e poi ci prendiamo il bottino. Possiamo diventare ricchi."

"O finire all'inferno."

"L'inferno non mette il piatto a tavola, signor Samuels."

"Ha ragione," disse Cougan. Portò il cavallo dietro Stone e Roose, e fissò l'orizzonte.

Samuels rimase a guardarli in silenzio. Ci volle un bel pò prima che li raggiungesse.

· · ·

Dalla cima di una rupe, Stone aveva una linea di tiro ininterrotta mentre i tre ladri oziavano nella prateria.

"Puoi sparare da così lontano?"

Stone rivolse a Roose un'occhiata in tralice. "Posso sparare, ma non so se li uccido."

"E tu, Cougan?"

L'omone nero si scostò il cappello dalla fronte e fischiettò senza emettere suono. "Al massimo ne prendo uno al braccio. Gli altri si spaventeranno e se ne scapperanno in città.'

"Avviseranno tutti che stiamo arrivando," aggiunse Stone.

Roose si sdraiò sulla schiena e guardò il cielo. "Va bene, se è così, possiamo aspettare che lascino la città. Penso che lì incontreranno qualcuno, venderanno il bottino e poi andranno avanti."

"Chi comprerà?" chiese Samuels, usando il binocolo di Roose per studiare i tre ladri.

"Immagino Kestler. A Lawreceville non succede niente senza il suo benestare. Ha la città in pugno."

"Meglio non scherzare con Kestler, Sterling. Lo sai."

"Lo so, per questo dico che aspetteremo che se ne vadano. Ci sono solo due possibili vie d'uscita. A est o a ovest. Il confine a nord è bloccato dalle montagne. L'est è da questa parte e non penso che usciranno da lì perché hanno paura di essere inseguiti." Ridacchiò. "L'ovest è l'unica alternativa, quindi andiamo lì, tendiamo un'imboscata e aspettiamo."

"E a sud?" chiese Stone senza togliere gli occhi dalla preda.

'Il sud è una pianura aperta con poca acqua e senza ombra. Deve essere a ovest."

"Quindi non gli spariamo adesso, signor Roose?"

Sorridendo, Roose studiò entrambi i suoi impazienti tiratori scelti. "No, Ryan. Gli spariamo quando escono."

"Sei pazzo," disse Samuels, abbassando il binocolo e scuotendo la testa come se soffrisse. "Hai già deciso di ucciderli, vero?"

"Non ho deciso niente, non ancora."

"Certo che sì." Guardò male gli altri. "Avete deciso tutti! Buon Dio, non ho mai pensato che arrivassimo a questo."

"Nemmeno io, Nelson, ma è successo. Bisogna fare quello che è necessario."

"Ucciderli come cani? E senza processo? È questo, quello che dobbiamo fare?"

"Ne abbiamo già parlato, Nelson. Se ti serve a pulirti la coscienza, possiamo sparare io, Cougan e Ryan."

"*Pulirmi la...* Sterling, ma ti senti? Coscienza? Stai pianificando un omicidio. Niente di più e niente di meno."

"Credi che quei ragazzi ci avrebbero pensato due volte a uccidere Cole? *Loro* non ce l'hanno, una coscienza, perché dovrei averla io?"

"Perché sei un *uomo di legge*, Sterling. O almeno credevo che lo fossi! Non è il passato. È il Ventesimo secolo. Abbiamo leggi e uomini come te che devono applicarle, non corromperle."

"Disse il predicatore."

"Sei fuori di testa, Sterling." Samuels gettò il binocolo e si alzò. "Non voglio immischiarmi."

"Siediti, Nelson," disse Roose, alzandosi a sedere, il revolver che gli si materializzava in mano. "Non posso permetterti di scappare. Non ora. Siamo troppo vicini."

"Che c'è, sparerai anche a me, adesso?" Indicò le figure che si rimppicciolivano velocemente sotto di loro. "Il colpo li metterà in guardia, Sterling. Non è una cosa che vuoi, no?"

"Ti ho detto di *sederti*, fanfarone. Se lo sentono o meno non mi interessa. Ti sparerò e ti ammazzerò se mi viene voglia." Tirò indietro il cane, deciso. "Siediti finché non li perdiamo di vista, poi puoi dartela a gambe."

"Sceriffo," si intromise Cougan, "voi usate quel pistolone e quei banditi se la squagliano sicuro."

Samuels, ignorando lo scambio, si voltò e vide Stone che lo fissava con un'espressione indifferente. "Te ne resterai lì sdraiato senza dire niente, Ryan?"

"Non c'è niente da dire, signor Samuels. Voglio il bottino, semplice. E se voi tornate a casa, ce n'è di più per me e Cougan. Il signor Roose non può prenderlo, perché è lo Sceriffo. Mi andrà di lusso."

"Con le mani insanguinate!"Stone scrollò le spalle, sospirò e si alzò a sedere. "Mio papà è morto l'inverno scorso, aveva il petto pieno di sangue e pus. Mamma non l'ha mai superata. È come una vecchietta. Mary, mia sorella più grande, fa del suo meglio per tirare avanti, ma nemmeno Belinda, la più piccola, sta bene. Il dottore dice che ha la stessa malattia di papà." Tirò su col naso e si passò il dorso della mano sul naso. "Devo fare quello che posso per aiutare la famiglia, signor Samuels. Voi andate a casa, se volete, ma io ho l'opportunità di fare la differenza per i miei cari e lo farò."

Abbassando lo sguardo, incapace di rispondere a nessuno di quei punti con convinzione, Samuels abbassò le spalle. Si voltò verso Roose e annuì. "Metti via la pistola, Sterling. Me ne andrò appena non ci sentiranno più."

Roose acconsentì e rimise la pistola nella fondina. "Gli daremo mezz'ora, poi andremo laggiù, al confine a ovest, e ci nasconderemo tra le rocce."

"E se dice alla gente in città quello che vogliamo fare?" chiese Cougan, dritto in piedi, agitato, il respiro irregolare.

Da quell'angolazione, Roose pensava che somigliasse in modo incredibile al padre e, ancora di più, sembrava essere altrettanto testardo e imprevedibile. "Non lo farà," disse sottovoce.

"Non possiamo correre il rischio."

"Che stai dicendo esattamente, Cougan?" sputò Samuels. "Te l'ho detto, voglio solo tornare indietro e non mettermi in mezzo. Non dirò niente a nessuno."

"Lo dirai a tua moglie, lo sappiamo tutti. Ti aggrapperai alle sue gonne come se fossi suo figlio. Le racconterai tutto e le lo racconterà in giro."

"Aspetta, Cougan," disse Roose con aria minacciosa. "Se Nelson dice che non lo dirà a nessuno, non lo farà."

"Non sono così sicuro," ringhiò l'omone e prese il coltellaccio che aveva alla cintura. La lama lampeggiò. Ryan Stone gridò e strisciò all'indietro mentre l'altro si gettava in avanti, pronto a tagliare la gola a Samuels.

Roose si mosse prima che gli altri potessero anche solo pensare. Fece passare un braccio intorno alla mano armata di Cougan e gli colpì il ginocchio con un piede. Mentre Cougan cadeva e cercava di liberarsi, Roose gli ficcò il proprio coltello nella schiena, e lo tirò verso l'alto, la lama che recideva organi vitali, perforava i polmoni e il cuore. Il sangue gli sgorgò intorno al pugno e lui mantenne la presa, spingendo la lama in profondità fino a sentire Cougan perdere le forze. Roose lo lasciò andare.

Senza emettere un suono, Cougan cadde a terra morto.

Gli altri rimasero a bocca aperta, orripilati dalla rapidità della morte di Cougan. Roose fece un passo indietro, il respiro affannoso, guardando il cadavere con disprezzo. "Ha sicuramente ereditato tutte le brutte abitudini del padre."

Il volto cinereo, Stone riuscì a borbottare con voce strozzata, "Non ho mai visto una cosa del genere. Che facciamo?"

'Lo seppelliamo,' disse Samuels. Sembrava scosso, il volto esangue.

"No. Lascialo agli avvoltoi," disse Roose. "Non sprecherò altro tempo per lui."

"Sterling, per amor di decenza, devi..."

"Non *devo* fare niente, Nelson, tranne quello che sono venuto a fare. Adesso lascia perdere."

Messo fine alla conversazione, Roose tornò al suo posto, si calò il cappello sugli occhi e allungò le gambe.

Stone guardò incredulo Samuels, che si limitò ad alzare le spalle, accasciato su un grosso masso e si mise la testa fra le mani.

Nessuno parlò quando, poco meno di un'ora dopo, Roose e Stone fecero scendere i cavalli dal fianco della montagna e cominciarono ad attraversare il pascolo verso il confine occidentale della città di Lawrenceville. Samuels, dopo aver detto poche parole sul cadavere di Cougan, se ne era andato nella direzione opposta senza guardarsi indietro.

Procedeva di buon passo, calcolò che avrebbe dovuto accamparsi solo una notte prima di tornare dalla moglie e da un lauto pasto. Senza dubbio lei avrebbe avuto molte domande e Samuels aveva già ipotizzato diversi scenari mentre procedeva spedito lungo il sentiero. La morte di Cougan lo aveva turbato. Sapeva che Roose gli aveva salvato la vita, ma l'enormità della violenza lo aveva scosso, lasciato intorpidito, costretto a mettere in dubbio la sanità mentale dello Sceriffo. Aveva visto un'espressione selvaggia negli occhi del suo vecchio amico, una perdita di controllo. E ringraziò Dio per questo. Cougan lo avrebbe ucciso in un battito di ciglia e con meno coscienza di Roose. Samuels tremò. Avrebbe preferito dimenticare. Aveva solo paura che la moglie riuscisse a farselo raccontare.

Perso nei suoi pensieri, non vide i cinque uomini a cavallo che uscivano dalla nebbia dovuta al caldo e andavano verso di lui.

Quando li vide, fu troppo tardi.

CAPITOLO TREDICI

Forse il tratto distintivo della città era la stazione. Due linee, una sala d'attesa, copertura in ferro battuto e, al momento, una grande locomotiva che sbuffava in attesa di partire, un uomo che riempiva d'acqua il carro di scorta. Il motore pulsava, batteva come il cuore di una bestia preistorica. Soloman fermò il cavallo e inspirò i vapori. "Non so cos'è, ma quell'odore mi fa sentire a casa."

Notch ridacchiò. "Non è una casa dove voglio andare."

"Notch, non ti inviterei comunque." Soloman inspirò rumorosamente. "Quando ti sei lavato l'ultima volta?"

"La mattina di Natale, come sempre. Non vedo perché lavare via i miei olii naturali, Sollo. Mi proteggono dalle malattie."

"Beh, amico mio, puzzi. Quando avremo finito, ce ne andremo in un bel bordello caldo e invitante e ce ne staremo in una vasca di stagno piena di profumi francesi."

"Cacchio," strillò Pete, togliendosi il cappello e battendoselo sulla coscia. "L'idea mi piace! Pensi che Kestler ci darà abbastanza soldi per farlo, Sollo?"

"Più che abbastanza. Sarà arrabbiato per il vaso, ma il resto lo farà contento."

"Speriamo," disse Notch, non molto convinto, per poi scoccare uno sguardo derisorio a Pete.

Si allontanarono lentamente dalla locomotiva e si avviarono lungo Main Street.

La base operativa di Kestler non aveva bisogno di un'insegna per identificarla. Accanto al primo saloon, c'era uno spaccio con su scritto "R KESTLER & Co." All'ombra della pensilina, tre pistoleri erano appoggiati alla balaustra della veranda, a masticare tabacco o a fumare, con aria annoiata. Si irrigidirono quando Soloman e gli altri si avvicinarono.

"Ehilà," disse Soloman.

I pistoleri non parlarono.

Soloman spostò il peso sulla sella, il cuoio che scricchiolava. Osservò la strada e notò quanto fosse silenziosa. C'erano pochi negozi ancora aperti, che non sembravano avere clienti. Era tardo pomeriggio, l'aria era calda. Forse era per questo. Colse lo sguardo febbrile di Notch e riprovò. "Cerco il signor Kestler. C'è?"

"No."

A rispondere fu il più alto de tre. Si sporse dalla balaustra e sputò sul terreno accanto al cavallo di Soloman. L'animale sbuffò e batté lo zoccolo.

"Sapete dove posso trovarlo?"

"No."

Ci aveva provato. Amichevole, educato. Non erano cose che riuscivano facili a Soloman, ma aveva fatto del proprio meglio. Scambiò un'altra occhiata con Notch ed estrasse il revolver con un unico movimento fluido. "Allora faresti meglio a ricordarlo, ragazzo, prima che ti faccio un buco tanto grosso che quel treno nuovo alla stazione può passarci in mezzo."

I tre pistoleri rimasero a bocca aperta davanti all'audacia di Soloman. Il più alto provò a ridere, ma non gli uscì nulla a parte un verso strozzato.

Notch e Pete estrassero le pistole.

Soloman sorrise. "Sto aspettando."

"Non c'è bisogno di fare così, Soloman."

Mezza dozzina di occhi si girarono di scatto quando risuonò una voce baritonale. Un uomo con indosso pantaloni neri e panciotto, la catena dell'orologio che attraversava il ventre ampio, si tolse lo Stetson e si asciugò la fronte con un fazzoletto.

"Beh, come sta, signor Kestler?" chiese Soloman, sollevato. Rimise la pistola nella fondina. "Pensavo di essere nella città sbagliata."

"Improbabile, Soloman, dato che Lawrenceville è l'unico grande insediamento della zona."

"Parlavo del comitato d'accoglienza." Fece un cenno verso i pistoleri, che rimasero nervosi a guardare da Kestler agli altri.

"Beh, sono novellini, Soloman. A differenza tua. Un avventuriero esperto." Ridacchiò a quella battuta. "Dì ai tuoi compagni di andare a bere qualcosa al saloon mentre noi due parliamo di affari nel mio ufficio."

"Per me va bene," disse Pete, rinfoderando la pistola.

Notch non lo imitò. Rimase immobile e guardò male i pistoleri. Un colpetto amichevole alla spalla da parte del suo partner lo convinse a voltarsi e andare al saloon.

"È nervso," notò Kestler, prendendo Soloman per il gomito e guidandolo verso l'ingresso del negozio.

"Sono stati giorni difficili, signor Kestler."

Entrarono. Soloman rimase a bocca aperta.

Davanti a lui si apriva un vasto spazio, il soffitto così alto che ci poteva entrare una casa a due piani. C'erano scaffali pieni di ogni tipo di attrezzo, dai martelli e i chiodi fino agli aratri con i finimenti. Sembrava che fosse tutto pieno. Sacchi pieni di grano. Grandi rotoli di tessuto. Abiti. Stivali. Cappelli. Ovviamente, pistole.

Tantissime. Soprattutto, aveva un buon odore, l'aria ricca di legna dolce e stagionata, un odore fatto proprio per incoraggiare il cliente a restare, guardarsi intorno e comprare.

Soloman fischiò. "Buon Dio, signor Kestler, è proprio un bel negozio."

"Viene chiamato supermercato, Soloman. L'idea mi è venuta dopo essere andato a New York qualche mese fa. Ti piace?"

Soloman scosse la testa meravigliato, girò su se stesso per vedere tutto. "È incredibile. Ma dove sono tutti? La città sembra quasi deserta, come farete a fare soldi se non viene nessuno?"

"Ah, Soloman," Kestler gli mise la mano sulla spalla. "È tardi, la gente è andata a casa. Domani saremo di nuovo pieni. Ovviamente, ora che c'è la ferrovia, questa sembrerà proprio una città. Stanno già costruendo un palazzo vicino alla stazione, forse lo hai visto."

Soloman aggrottò la fronte, pensieroso, ma non riusciva a ricordare niente del genere. Ma non si era fermato a guardare. "No, mi dispiace, non saprei."

"Beh, non ti preoccupare." Kestler attraversò la prima corsia verso un ampio piano di lavoro, dietro cui un uomo con gli occhiali, il panciotto e le maniche della camicia arrotolate contava soldi da un registratore di cassa. Non alzò lo sguardo mentre loro si avvicinavano e Soloman notò che muoveva silenziosamente le labbra mentre contava il denaro.

"Lui è Haynes. È il mio capo cassiere. Un uomo che conosce ogni centimetro di questo negozio." Kestler si voltò verso Soloman e si appoggiò al bancone. "Allora, amico mio, lo hai preso?"

Era arrivato il momento che Soloman aveva temuto per tutto il viaggio verso Lawrenceville. Deglutì a fatica, allargò le mani e si costrinse a un sorriso patetico. "C'è stato un problema."

"Ah," Kestler, annuendo, si voltò verso Haynes. "Un

problema?"

Il cassiere smise di contare per un attimo. Soloman si irrigidì. L'atmosfera era cambiata. L'aria amichevole era sparita, adesso faceva freddo. "Sì. La casa in cui siamo andati, quella che ci avete detto... Beh, non ci avete detto che era di Reuben Cole."

"Ah. Reuben. Ha una certa reputazione."

"È stato Notch a riconoscerlo. Ha detto che andava a caccia di Indiani per l'esercito. Un tipo tosto. Un assassino.'"

"Sì, così mi è stato detto." Inspirò a fondo. "Lo avete ucciso?"

"L'ho riempito di calci. Ha sparato al povero Peebie dritto in testa."

"Sì, ma lo avete *ucciso*?"

Il cassiere smise di contare. Soloman aspettò, cercando di calmarsi mentre il cuore gli rimbalzava in gola. "Credo di sì."

"Bene allora," Kestler batté le mani. "Non dobbiamo più preoccuparci, no?" Di nuovo, guardò Haynes, che adesso aveva appoggiato le mani sul bancone. "E gli oggetti, Sollo? Siete riusciti a prenderli?"

"Ce li ho tutti, sono sui cavalli. Tranne i vasi. Quelli blu."

Un sopracciglio sollevato. Le labbra che perdevano leggermente colore. "Oh?"

"Già. Pete, è andato in panico..."

"Panico?"

"Sì, è arrivato Cole che ha sparato a Peebie. Il povero Pete era nervoso, ci è finito dentro. Li ha rotti."

"Rotti?"

Soloman annuì e guardò Haynes, che aveva alzato la testa, gli occhi assassini. Soloman fece involontariamente un passo indietro. "Signor Kestler, è stato un incidente. Abbiamo tutto il resto."

"Il quadro?"

"Sì, ce l'ho. Nessun problema. Anche le statuette,

cose bellissime. E i piatti da portata, come avete ordinato. Argento puro. La zuppiera. Era grossa, con il mestolo pure. Tutto d'argento. Francese, avevate detto."

"Sì, molte cose francesi. Il padre di Cole era una specie di collezionista."

"Quindi conoscete Cole?"

"Non ho mai conosciuto il figlio, ma ho incontrato il padre in diverse occasioni. Prima della sua morte prematura, ovviamente." Quando abbassò gli angoli della bocca, Kestler assunse l'aria di un uomo profondamente deluso. Sospirò. "Sono rattristato da quello che mi hai detto, Soloman. Pensavo di potermi fidare di te."

"*Potete*, signor Kestler. Potete."

"Mmh... Beh, non sono felice. Quei vasi valevano molti soldi. Avevo la fila di clienti, addirittura da Parigi."

Soloman rimase a bocca aperta. "Davvero?"

"Sì, *davvero*. Ho una reputazione da mantenere, Soloman. Ho bisogno di uomini su cui contare."

"Su cui..." la voce di Soloman si affievolì. "Signor Kestler, è stato un solo errore. Mi dispiace, non succederà più."

"Sbarazzati di questo Pete."

Era Haynes, la sua voce sembrava una lastra di ghiaccio che perforava l'aria pesante. Soloman si voltò verso di lui, gli occhi spalancati, lo stomaco sottosopra. "Sbarazzarmi di lui? Che significa esattamente?"

"Significa," disse Kestler, incrociando le braccia con aria da sbruffone, "che non possiamo permetterci di avere degli idioti a lavorare per noi, Soloman. La tua scelta di complici non è stata buona. Devi vagliarli con più circospezione. Capito?"

Soloman non capiva. Quell'uomo parlava con parole ricercate e inventate e lui non capiva niente. Si passò un dito solo il colletto della camicia sudicia e sudata. "Ehm, non credo di capire, signor Kestler. Che significa circo... circocostazione?"

"Devi fare più attenzione a chi ti porti dietro," disse Haynes, senza battere le palpebre, il suo sguardo capace di far gelare fino al midollo. "Sbarazzati di lui."

"Anche dell'altro. Quello irritabile."

"Notch? Ma non posso..." Soloman gonfiò il petto. Non era abituato ad avere qualcuno che gli parlasse così, non lo avrebbero costretto a fare qualcosa che non voleva. Abbassò la mano sulla pistola. "Va bene, signor Kestler, abbiamo fatto degli errori e mi dispiace. Adesso, se ci date quello che ci spetta, ce ne andremo."

"Ve ne andrete?" Kestler ridacchiò. "Soloman, tu lavori pe rme. Non puoi andartene."

"E non posso "sbarazzarmi" dei miei ragazzi. Datemi i soldi che ci spettano e facciamola finita."

"No," disse Haynes.

'Che hai detto?'

'Ha detto di no, Soloman. Ho degli affari da sbrigare e tu ne sei parte. Adesso, fai quello che ti è stato detto o non avrai un centesimo.'

"Sbarazzati di loro," disse Haynes, e aggiunse, con deliberata lentezza, "poi tutti i soldi saranno tuoi."

Passandosi la mano sul viso sudato, Soloman vide subito le attrattive di quella proposta. "Conosco Notch da anni," balbettò, premendosi la mano tremante sulla bocca. "È mio amico."

Gli altri due uomini lo fissarono. Nessuno parlò.

Mille pensieri opposti passarono per la testa di Soloman e, col passare dei minuti, lo stress aumentava. Togliendosi la bandana, si asciugò la fronte, sbuffando dalle guance gonfie. "Vi odio, Kestler. Mi avete sentito? Avreste dovuto dirmi di Cole e chi era."

"Fallo e basta," disse Haynes, guardando i soldi. "Con meno melodrammi."

"E voi chi siete, signore?"

Scuotendo la testa, Haynes ricominciò a contare le pile di monete e banconote.

La conversazione era conclusa.

CAPITOLO QUATTORDICI

Accoccolati fra delle rocce frastagliate, Roose e Stone fecero del proprio meglio per stare comodi, sapevano benissimo che sarebbero dovuti restare lì per un pò. L'ombra era pochissima, fatto che a Roose non sfuggì. "Avevo sempre un sombrero a tesa larga quando stavo nell'esercito," disse, sistemandosi il cappello, uno Stetson rovinato.

Stone, a capo scoperto, prese la bandana e la piegò per formare una specie di cappello che si mise in testa. "Che stupido. Mi sarei dovuto portare qualcosa."

"Adesso è troppo tardi," disse Roose, appoggiandosi a un grosso masso per poter vedere meglio la città sottostante. Prese il binocolo e si concentrò sulla strada principale. C'era poca gente in giro, uno o due carri che avanzavano lentamente, ma nessun segno dei ladri.

"Quanto tempo pensate che dobbiamo aspettare?"

"E che ne so," disse Roose, abbassando il binocolo. "Almeno qualche ora. Se ho fatto bene i conti, stanno facendo un accordo dopo aver consegnato la merce rubata."

"Si ma a chi?"

Roose scrollò di nuovo le spalle. "Non credo importi, ma penso Kestler."

"Sì, quello di cui avete parlato. Che ha in mano la città, avete detto."

"È così, ma non ho mai sentito dire che facesse qualcosa di illegale."

"C'è sempre una prima volta."

Roose guardò il giovane compagno e ridacchiò. "Questo è vero. Impari in fretta, figliolo. Entrare nella testa di quelli che insegui è un vantaggio per un uomo di legge e tu lo stai facendo."

"Era quello che facevate quando davate la caccia ai Comanche? Gli entravate nella testa?"

Roose si voltò. "I Comanche sono diversi. Non pensano come i Bianchi. Per questo sono pericolosi." Gli si offuscarono gli occhi mentre ripensava a un periodo fatto di morte e brutalità. "Sono un popolo orgoglioso e nobile, ma se li infastidisci non si fermeranno finché non ti hanno sotto il coltello. Non hanno pietà e non se ne aspettano."

Finalmente soddisfatto del cappello protettivo, Stone si arrischiò ad alzarsi a sedere e guardare giù verso Lawrenceville. "Deve essere stato un periodo pericoloso."

2È sempre un periodo pericoloso, figliolo, se non tieni la testa a posto," diede una pacca alla pistola nella fondina, "e tieni sempre vicina la tua migliore amica."

Con un cenno di assenso, Stone tornò fra le rocce. Chiuse gli occhi.

"Se ci riesci, dormi," disse Roose. "Ti sveglio io se succede qualcosa."

Dato che non aveva un orologio, Roose doveva basarsi sulle proprie abilità per calcolare il tempo attraverso il movimento del sole. Soddisfatto dal fatto che avessero aspettato più di tre ore e con l'arrivo della sera, Roose svegliò il suo giovane compagno colpendolo alle costole con lo stivale. Stone gridò, agitò le braccia e si alzò a sedere, disorientato. "Che c'è? Che succede?"

"È tardi e non si vede nessuno. Ho fatto la guardia, ma non si vede niente."

Stiracchiandosi, Stone si rimise in piedi barcollando. "È quasi buio. Mi dovevate svegliare prima, signor Roose."

"Si sta facendo tardi, sì, ma dormivi come un bambino." Guardò un'ultima volta Lawrenceville col binocolo poi lo rimise nella custodia di cuoio. "Vado laggiù."

"Dove, in città?"

Roose grugnì prima di controllare il revolver. "Andremo piano, ma dall'altro lato. È più facile avvicinarsi, dato che non ci serviranno i cavalli in quella discesa pericolosa. Guarda."

Stone allungò il collo a guardare il sentiero contorto e pieno di buchi che serpeggiava fino alla città. Data l'inclinazione ripida, sembrava davvero pericoloso.

Partirono, con Roose che apriva la strada. Dopo aver coperto quasi tre quarti della distanza tra la sommità della collina e l'ingresso orientale della città, Roose fermò di colpo il cavallo, la mano destra alzata. "Scendi," disse, la voce che assumeva di nuovo quel tono autoritario che gli era servito quando era nell'esercito. Senza aspettare il compagno, scese di sella e corse verso un cespuglio e si inginocchiò. Silenziosamente, Stone lo seguì, cosa che non sfuggì a Roose. "Bene," approvò Roose e prese il binocolo. Lo puntò verso la prateria e inspirò fra i denti. "Cavolo," disse e passò il binocolo a Stone.

C'erano degli uomini a cavallo che procedevano lentamente, l'uomo alla guida del gruppo spiccava per la camicia bianca. Accanto a lui, il cavallo legato al suo, il cavaliere ammanettato, nudo fino alla cintola, era Nelson Samuels.

"Oh no, hanno catturato il signor Samuels."

Roose prese il binocolo e guardò di nuovo. "Va bene,

almeno è vivo. Lo staranno portando in città, forse vogliono interrogarlo."

"Interrogarlo? Su cosa?"

"Chi è, perché è qui da solo, perché ha un fucile che può cavarti gli occhi da un chilometro." Rimise il binocolo nell'astuccio e lo chiuse. " Qualsiasi cosa gli chiedano, avranno le loro risposte, Nelson dirà tutto quello che vogliono sapere."

"Non potete saperlo, signor Roose."

"Da quello che sembra, figliolo, direi che è chiaro chi sono: i Comanche che sono scappati dalla riserva."

"Ma perché vengono qui?"

"Per lo stesso motivo per cui i ladri che sono andati a casa di Cole sono venuti qui: per essere pagati."

"Da Kestler?"

Grugnendo, Roose tornò sul cavallo. 'Figliolo, io vado laggiù. Forse posso scoprire che succede, negoziare con loro.'

"Signor Roose," disse Stone, la voce che tremava, preoccupato. "Se quello che sospettate è vero, quegli uomini non vogliono negoziare su niente."

"Sì, lo faranno perché tu andrai a telegrafare per chiedere aiuto. C'è un distaccamento di cavalleria a Carson City. Fai avere un messaggio a un uomo di nome Willets. Il Capitano Willets. Sono stato nell'esercito con suo zio, Sean Willets, quindi se fai il mio nome risponderà più in fretta." Si voltò, gli occhi che bruciavano. "Ascolta, digli di mandare uno squadrone a Lawrenceville. E gli dici di fare in *fretta*."

"Forse dovrei andare dritto dal signor Cole. Lui sa che fare."

"Cole è in convalescenza. Non dargli fastidio."

"Ma il signor Cole è..."

Senza preavviso, Roose prese il ragazzo per la camicia. "Stammi a sentire, farai quello che ti ho detto!"

Stone, irrigidito dalla paura e dalla sorpresa, gli

occhi che gli uscivano dalle orbite, la fronte sudata, annuì velocemente.

Roose lo lasciò andare e tornò in sella. "Non volevo spaventarti, figliolo, ma devo farlo da solo. Adesso vattene, tieni giù la testa e non fermarti. Capito?"

"Sì, signore," disse Stone, battendo i tacchi, la mano destra che schizzava sulla fronte nell'imitazione più fedele possibile al saluto militare.

Roose si allontanò a cavallo, la schiena rigida, la determinazione evidente in tutto il corpo.

Stone rimase a guardare e si chiese se la vita sarebbe mai stata la stessa.

CAPITOLO QUINDICI

Fu Pete il primo a reagire quando Soloman entrò. Diede di gomito a Notch, che era seduto a distribuire le carte per un solitario. "È tornato," disse.

Notch aggrottò la fronte mentre l'amico si avvicinava al tavolo. "Beh? Che ha detto?"

"Non è felice," disse Soloman, tirando una sedia dal tavolo adiacente e sedendosi accanto a Notch. "Per niente."

"Ma ci ha pagati?"

"Non ancora. Vuole controllare quello che siamo riusciti a prendere."

Mettendo giù le carte, Notch spostò lo sguardo da Soloman a uno dei pistoleri al bar. "Ha un bel pò di uomini, eh? Forse si aspetta qualche guaio. Non mi piace, non mi piace per niente. Pensi che ci vuole fregare?"

Grugnendo, Soloman incrociò le braccia. "Dobbiamo parlare. Ci sono dei problemi."

"Oh? Tipo?"

"Tipo che dobbiamo parlare di là." Guardò il bancone del bar. "Dove non ci sente nessuno."

"Hai un piano?" chiese Pete, sporgendosi. Il viso magro e affamato era coperto di sporco e sudore. Soloman tirò su col naso e si voltò. "Sì, so che puzzo," protestò Pete, cogliendo la reazione di Soloman. "Pensavo che ci facevamo un bagno?"

"Dopo. Dopo aver parlato." Soloman si alzò e si tirò su i calzoni.

"Facciamo in fretta," disse Notch, "perché anche io devo fare il bagno."

Raggiunto il bancone, Soloman chiese al barista se c'era un ingresso posteriore. Confuso, l'uomo indicò con riluttanza una porta ai piedi di una scala curva che portava alle stanze al piano di sopra. Il pianerottolo, che portava a una serie di stanze chiuse, era sorretto da piloni di legno con sotto dei tavoli vuoti. "Non è uno dei posti più popolari," commentò Soloman. Il barista lo ignorò. Ringraziando, Soloman colse l'espressione imbronciata dei pistoleri e fece l'occhiolino. Indicando ai compagni di seguirlo e attraversò la porta.

Il sole stava calando rapidamente e nell'aria si sentiva già il frinire degli insetti mentre Soloman superava la porta e usciva in un cortile circondato da un muro alto e pieno di botti e casse. Guardò Pete e Notch che lo raggiunsero.

"Chiudete la porta," disse.

Fu Pete a farlo, voltandogli per un attimo la schiena.

Fu il solo attimo di cui Soloman aveva bisogno.

Estrasse il coltello dalla lama pesante dal fodero che aveva alla base della schiena e lo affondò nel ventre di Notch, tirandolo verso lo sterno. Notch, così stupito da non avere tempo di urlare, rimase lì a guardare sconcertato la lama. Superandolo, Soloman colpì Pete alla mascella con il revolver, facendolo sbattere contro la porta. Con un grugnito, la bocca spaccata e piena di denti rotti e sangue schiumoso, Pete fece del proprio meglio per restare in piedi, cercando di prendere la pistola. Soloman gli diede una ginocchiata all'inguine e Pete si chinò con uno strillo.

In ginocchio e cercando di tirar via il coltello, Notch belava come una capra. Soloman gli arrivò davanti, mise una mano sul manico del coltello e uno stivale contro il petto di Notch e tirò la lama all'indietro con tutta la forza che aveva. Il coltello venne fuori con un disgustoso rumore di risucchio.

"Perché?" sibilò Notch prima che Soloman gli mettesse la lama alla gola e lo finisse.

Dato che era a terra a contorcersi, era chiaro che Pete non sarebbe andato da nessuna parte, per cui Soloman si prese il suo tempo, si sedette a cavalcioni su di lui e accoltellò il suo ex compagno finché non rimase immobile.

Soloman si alzò, mani e camicia macchiate di sangue. Tremava, ma almeno lo aveva fatto. Aveva fatto onore alla sua metà dell'accordo, ora toccava a Kestler.

Ma prima, gli doveva farsi quel bagno.

"Che c'è adesso?"

Sentendo il rumore di stivali da cowboy che si avvicinavano, Kestler, seduto a tavola e pronto a mangiare uova e bistecca, abbassò la testa disperato.

"Capo," lo chiamò uno dei suoi uomini, entrando di corsa nella stanza.

"Che vuoi, Bart? Non puoi aspettare?"

"Non proprio," disse Bart Owens, avvicinandosi al tavolo. "Mi dispiace, signor Kestler. Davvero."

"Avanti, sputa il rospo."

"Sono quegli Indiani che avete assoldato." Kestler alzò gli occhi, interessato. "Stanno fuori, i cavalli pieni di sacchi."

"Beh, è una buona notizia. Era ora che avessi una *buona* notizia."

"C'è uno con loro. Dicono che vi interessa."

"Chi è?"

"Non lo so.""Si costrinse a sorridere. "Io ehm, credo che vogliono che andate a vedere, capo."

Scostando la sedia con tanta forza da farla cadere a

terra, Kestler si alzò. "Sembra che debba pensarci subito, allora."

"Capo, mi dispiace, se sapevo..."

"Ah, stai zitto, Bart!"

Kestler lo superò, furioso.

Fuori, la sera grigio acciaio dava un aspetto inquietante agli uomini a cavallo che aspettavano in strada. Privi di colore, era difficile riconoscere i loro tratti. Kestler, però, riconobbe quasi subito il capo, la camicia bianca era quasi un faro, attirava l'attenzione. Accanto a lui c'era uno straniero che, diversamente dagli altri, aveva la testa china, le mani legate dietro la schiena, nudo tranne che per un pezzo logoro di stoffa che gli copriva l'inguine. Era coperto di sangue.

"Sera, signor Kestler."

"Sera, Brody," disse Kestler, facendo un cenno all'uomo con la camicia bianca. Fece un passo in strada, andò al cavallo di Brody e gli accarezzò il muso. Fece un cenno in direzione dello straniero nudo, che sembrava semi-incosciente. "Chi è?"

"Beh," Brody sollevò la gamba sinistra e la portò sulla destra, "lo abbiamo trovato nei campi mentre venivamo qui. Aveva qualcosa che..." Con un verso di disapprovazione, scosse la testa. "Aveva un fucile. Sembrava bello. Quando gli ho chiesto che se ne faceva, è diventato evasivo. Non rispondeva, diceva che doveva tornare a casa a Freedom."

"Freedom? È la città dove vi ho mandato a saccheggiare quelle case."

"Esatto, signor Kestler. Quindi abbiamo deciso di suonargliene un pò così da dirci esattamente chi è e che ci fa così lontano da casa."

Kestler si avvicinò allo straniero e lo guardò. Non era giovane, il corpo pallido era comunque muscoloso, come se si prendesse molta cura di sé. "Come si chiama?"

'Dice di chiamarsi Nelson Samuels. Ovviamente non

lo ha detto subito.' Brody ridacchiò. 'Abbiamo dovuto farglielo sputare.' Quel commento fece ridere gli altri.

"Non lo conosco."

"Ha detto che era parte di una squadra che andava a caccia degli uomini che sono entrati a casa di Reuben Cole e hanno rubato le sue cose migliori."

"Quello doveva essere il tentativo di Soloman di obbedirmi." Kestler andò da uno degli altri uomini a cavallo e tastò i loro sacchi appesi al posteriore dei cavalli. "A differenza vostra, il tentativo di Soloman è stato disastroso," disse Kestler, con tono soddisfatto. Brody era un professionista. Un uomo che faceva quello che gli veniva detto, che otteneva risultati. "Ti ha detto dove sono gli altri inseguitori?"

"Ha detto che erano vicini, stavano venendo in città. Che il capo, un uomo di nome Roose, era deciso a uccidere quello che si chiama Soloman. Forse anche voi, singor Kestler."

A quelle parole, Bart Owens si schiarì la gola, "Forse dovremmo preparare un comitato di benvenuto?"

Annuendo, Kestler batté le mani. "Va bene, prendi questo qui," indicò Samuels, "e mettilo nelle stalle. Quando arriverà il suo amico Roose, li faremo rincontrare."

"Dopo che ci siamo divertiti un pò? " chiese uno degli altri, un omone grosso, vecchio, brizzolato, una profonda cicatrice sulla parte destra del viso.

"Divertiti?" Kestler sollevò un sopracciglio verso Owens. "Butta questo nella stalla. Poi ci preoccuperemo di Roose quando arriverà."

"Credo che potremo fare un'imboscata a Roose prima che arriva in città," disse Brody. "Se è deciso a uccidere sia voi che Soloman, è meglio se facciamo come dice il vostro uomo e lo fermiamo prima che arriva troppo vicino."

"Soprattutto se ha un fucile," aggiunse lo sfregiato. "Con quello, può sparare a distanza."

"Sì, va bene," disse Kestler, contorcendo la bocca in qualcosa di simile a un sorriso. "Nel frattempo, voglio che portate il bottino al mio negozio. Haynes la controllerà e vi pagherà."

Dall'altro lato della strada, mezzo nascosto dal muro di una falegnameria, Soloman guardava gli indiani trascinare un uomo nudo nelle stalle. Gli altri scaricavano i cavalli e le borse che erano sui cavalli di Soloman. Era indeciso se andare lì e sparargli, ma ci ripensò. Erano troppi. E, a differenza di Pete e Notch, quegli uomini sembravano tosti e più pericolosi. Avrebbe dovuto aspettare, ma con il bottino ormai nel negozio, le speranze di recuperare dei soldi per i suoi sforzi sembravano sempre di più un sogno lontano.

Sfortunatamente, mentre pensava alle sue opzioni sempre più ridotte, la natura di Soloman prese il sopravvento. Sapeva che avrebbe affrontato uomini violenti quanto lui, ma l'attrattiva dei soldi era potente, lo spingeva ad agire, pretendeva che facesse il possibile per guadagnare quello che era suo di diritto.

Gli uomini tornarono dalle stalle, erano solo ombre scure mentre la notte continuava a conquistare la luce. Ridevano fra loro mentre andavano all'emporio. Controllando il revolver, Soloman decise di agire in fretta. Avrebbe prima interrogato l'uomo nelle stalle, scoperto che stava succedendo, poi sarebbe entrato nel negozio e avrebbe ucciso chiunque si sarebbe messo in mezzo. Non c'era più tempo per essere gentili. Era arrivato il momento di passare all'azione.

Un fascio di luce bucò l'oscurità e l'attenzione di Soloman fu attirata dall'ingresso del negozio. Gli uomini entrarono, la luce che veniva dall'interno era amichevole e invitante. Ridacchiò. Lui sarebbe stato l'ospite inatteso, quello senza invito. Ma non sarebbe stato accolto da nessuno. Fece per emergere dal proprio nascondiglio ma, prima che potesse attraversare la strada, un movimento alla sua destra lo costrinse a tornare subito dietro il muro.

Dall'ombra sbucò una figura che corse verso le stalle. Soloman strizzò gli occhi e cercò di capire chi fosse, sentì il rumore di un vestito che frusciava sulla strada.

Era una donna.

CAPITOLO SEDICI

Camminava da un pò, aveva deciso di non portarsi il puledro sulle colline come faceva di solito. Quella sera in particolare, con le stelle luminosissime e l'aria così mite, voleva camminare per le strade di quella che un tempo era una città amichevole e conviviale. Da quando mesi prima Kestler e i suoi ragazzi erano arrivati, avevano picchiato il povero vecchio Stefan Moss, lo Sceriffo, e gli avevano fatto fare i bagagli, era cambiato tutto. Lawrenceville era diventata un posto tristissimo in cui vivere. La gente se ne andava quando poteva, ma di recente gli uomini di Kestler tenevano maggiormente le redini sugli spostamenti. Le cose erano peggiorate da quella notte in cui Kestler l'aveva vista, le si era avvicinato e l'aveva invitata a cena.

"Sono una donna sposata," aveva risposto lei, non che quella fosse l'unica ragione per rifiutare le sue avances. Kestler la disgustava. E non solo per la sua reputazione. Era sovrappeso, beveva whisky, era un uomo arrogante e vendicativo, abituato ad averla sempre vinta.

"Sei bella e giovane," le aveva detto ondeggiando sul posto, piuttosto ubriaco. Le aveva accarezzato la guancia. Lei si era ritratta. "Su, non fare così," le disse, fingendo di essere ferito. "Se mi intrattieni, ti ripagherò ampiamente. Come ti chiami, zuccherino?"

"Non sono il vostro zuccherino." Lui le fece una pernacchia e lei si voltò quando le arrivò una zaffata di whisky. "Sono la signora Childer, se proprio volete saperlo."

Lui ridacchio, "Volevo sapere il tuo nome." Fece per afferrarla e lei lo schivò con facilità. Kestler perse l'equilibrio e quasi cadde di faccia.

"Caspita, sei esuberante," disse lui, appoggiandosi al muro del saloon da cui era uscito per avvicinarsi a lei. "Mi piace."

Lei si allontanò ma riuscì a fare solo un paio di passi quando lui le fu di nuovo addosso e la tirò per un braccio perché si girasse verso di lui. "Singora Childer, sono un uomo d'onore," le agitò il dito davanti alla faccia, "Ti prego, fammi il piacere di accettare il mio invito a cena."

"No."

Fece per voltarsi di nuovo e lui la fece voltare ancora una volta. "La prossima volta non lo chiederò con gentilezza."

"Signor Kestler, sono sicura che siate abituato a ottenere tutto quello che volete, ma non ho intenzione di accettare il suo invito o altro."

"Che ne dici di cinquecento dollari?"

Lei si fermò. Tutto si fermò, tranne la sua bocca che rimase aperta come se un filo invisibile gliela tirasse verso il basso.

Kestler rise. "Ho attirato la tua attenzione, eh?" Le si avvicinò e le fece scivolare il braccio intorno alla vita. "Sono serio. Vieni a cena e ti darò cinquecento dollari. È un regalo, signora Childer, non un pagamento, se capisci cosa intendo."

Lei fece per colpirlo, ma fu un tentativo fiacco e, anche se lui era ubriaco, riuscì a bloccare il colpo e le prese il polso. "Non sono una prostituta," sibilò lei.

"Non ho mai pensato che lo fossi. Ma credo che cinquecento dollari potrebbero farti comodo."

Era certamente così, ma lui come faceva a saperlo? A casa, col viso perennemente tra le mani, suo marito Stacey malediceva ogni notte Dio, il mondo e tutti i suoi abitanti, incolpando tutti tranne se stesso per il fallimento del suo raccolto di fagioli. Aveva speso tutto quello che avevano per comprare i semi. Li aveva piantati, curati, guardati giorno e notte. Si erano rinsecchiti ed erano morti. La gente in città lo aveva avvisato sulla cattiva scelta del terreno, come fosse virtualmente impossibile irrigare, come i proprietari precedenti della loro casa avessero subito calamità simili, prima con il grano e poi con il mais. Tutti dicevano che lì non ci cresceva niente. Stacey li aveva ignorati, aveva usato il fertilizzante, fatto tutto quello che poteva. E non era servito. Quei fagioli e i loro risparmi erano in polvere.

Cinquecento dollari avrebbero potuto permettere loro di ricominciare da capo. La possibilità di andare via, ricominciare in un posto più clemente. Lei aveva sempre sognato di aprire un negozio di merce secca. Un pagamento del genere avrebbe potuto aiutarla a cominciare, farle comprare abbastanza merce e pagare i primi mesi di affitto.

Kestler, consapevole della sua esitazione, da predatore qual era, calò su di lei. "Facciamo settecentocinquanta. Vieni a cena con me stasera. Facciamo alle sette?"

Lei fece un respiro profondo. Settecentocinquanta dollari. Non li avrebbe guadagnati in un anno lavorando come receptionist per il dottor O'Henry. Nemmeno in due anni. Sarebbe stata sciocca a rifiutare quell'offerta, se si trattava solo di una cena. Sospettava, però, che per quella cifra Kestler pretendesse molto di più. Il pensiero le fece rivoltare lo stomaco.

"Ascolta," le disse, come se le leggesse nel pensiero, "sarà solo una cena. Se ci saranno sviluppi, andrà bene così. Ma non voglio che tu faccia qualcosa che non vuoi."

"Solo la cena?"

Lui annuì e sorrise. "Pagherò in anticipo." Si voltò appena, traballando per un attimo prima di raccogliere le forze e tolse il portafogli dal cappotto. Tirò fuori un rotolo di banconote. Lei rimase a bocca aperta, non aveva mai visto così tanti soldi. Senza una parola, lui ne sfilò diverse banconote e gliele mise in mano. "Sono duecento. Vieni stasera e avrai il resto. La mia governante è una cuoca eccezionale."

Guardando i soldi che aveva in mano, la donna ebbe l'urgenza improvvisa di darsi un pizzicotto. Non poteva essere vero. *Duecento dollari? Così?*"

"Se decidi di non venire," disse Kestler, cominciando ad allontanarsi instabile su gambe che sembravano a malapena in grado di tenerlo in piedi, "lo capirò. Ma tieni i soldi." Arrivò ai gradini del saloon, si appoggiò a una delle colonnine vicine e crollò sulla schiena. "Vieni al negozio. Andremo in calesse fino a casa mia." Alzò gli occhi annebbiati. "E come ti chiami, signora Childer?"

"Mi chiamo Amy," disse allontanandosi, con la testa leggera e incerta di quanto fosse corretta la sua decisione, ma sapendo che l'attrattiva di quei soldi era troppo alta per rifiutare.

Dopo la serata che aveva passato con lui, però, avrebbe cambiato idea.

Stacey era ubriaco quando lei era tornata a casa dopo la cosiddetta "cena". Non si accorse del labbro spaccato e del bustino in disordine. Mentre inciampava al buio, trovava il lavabo e si gettava l'acqua sul viso, lui cominciò a russare più forte e lei ringraziò Dio che non potesse sentirla.

Era successo in maniera inaspettata.

Kestler, in piedi fuori dall'emporio, ben vestito con un abito da giorno perfettamente stirato, la catenina dell'orologio d'oro tesa sul ventre ampio, la salutò con un sorriso caloroso. L'odore forte della sua colonia la assalì quando lei gli si avvicinò. Molto più accettabile dei fumi del whisky, si disse. Lui le prese la mano, la baciò con eleganza, aprì la porta e le fece cenno di entrare.

L'interno del negozio era vasto, illuminato da numerose lampade a gas che diffondevano un odore oleoso e denso e gettavano ombre strane e contorte sulle pareti e sul soffitto. Ovunque guardasse, Amy poteva distinguere le diverse merci in vendita, dai martelli ai lavabi e tutto quello che c'era in mezzo. "Siete un imprenditore di successo, signor Kestler."

"Lo sono," disse lui, facendole passare un braccio intorno alla vita e guidandola verso il bancone. Sollevò lo sportello e le fece superare la porta che dava sul retro e si apriva su una stanzetta illuminata in modo invitante da delle candele accese. La tavola era apparecchiata per due, ma non c'erano cibo né piatti, solo le posate e i tovaglioli. "Ho deciso che è meglio cenare qui invece che a casa mia. Più tardi arriverà la mia governante con la cena."

Sorridendo, Amy aspettò che le scostasse la sedia. Kestler era sicuramente un gentiluomo, diversissimo da Stacey. Suo marito era rozzo, le mani grosse e piene di calli, il corpo muscoloso per via delle lunghe ore passate nei campi. Ma il cervello era confuso, il bere lo aveva reso un imbecille. Kestler, che pure beveva, sembrava molto più padrone di sé. Di successo e sofisticato.

"Sei così attraente, Amy," le disse, prendendo una bottiglia di vino da un armadietto nell'angolo. Ne versò un bel pò in un bicchiere di vetro di foggia delicata. Lei sorrise, un ò' ritrosa, scostandosi una ciocca di capelli, e sollevò il bicchiere e lui glielo toccò con il proprio. Amy bevve, il vino era frizzante, dolce, diverso da tutti quelli che aveva bevuto in precedenza. "Mi sorprende che tuo marito ti abbia lasciata uscire così tardi per incontrarti con un uomo."

"Stacey dormiva, come sempre."

"Ah sì. Ho sentito dire che passa gran parte del tempo a dormire."

Amy si fermò sul punto di bere un altro sorso e studiò Kestler tra le palpebre pesanti. Lentamente, abbassò il bicchiere. "Che altro avete sentito, signor Kestler?"

"Che sei sola. Infelice. Un marito che non ti presta attenzione non porta a una relazione soddisfacente."

"È corretto?" Amy si sedette di nuovo e sentì il calore salirle sul collo. "Vi siete informato su di me, vero?"

"Sono *interessato* a te, Amy. Appena ti ho vista mi è successo qualcosa," si diede un pugno sul petto, "qui, nel cuore."

"Beh, sono dei bei complimenti, signor Kestler, ma non credo di poter..."

Senza preavviso, Kestler allungò le mani sul tavolo e le prese i polsi. Colta completamente di sorpresa, Amy strillò. Lui la attirò a sé. "Amy, ti sto solo chiedendo di darmi una possibilità. Per favore. Possiamo passare molte serate come questa, sviluppare la nostra amicizia."

Amy lottò nella sua presa. ?Signor Kestler, mi fate male."

Ma vide che lui aveva qualcosa negli occhi. Un cambiamento, tutto l'autocontrollo che spariva col passare del tempo. "Non capisci."

"Capisco perfettamente," disse lei, la voce che si spezzava mentre cercava di liberarsi dalla stretta di Kestler. Ma lui era sorprendentemente forte e poi, incredibilmente, si sporse sul tavolo per baciarla sulla bocca. Contorcendosi, Amy riuscì a girare la testa in modo che le labbra di Kestler le finissero sulla guancia. "Posso prendermi cura di te," strillò lui, il volto così vicino a quello di lei che i capillari rotti sul naso sembravano enormi. "Ti prego, dammi la possibilità di dimostrartelo. Non riesco a resisterti, Amy. Non ci riesco."

Usando tutte le proprie forze, Amy riuscì a liberarsi

e balzò in piedi. Urlando, fece per scappare, ma lui era lì, più veloce di quanto lei potesse immaginare, la prese per la vita e la fece voltare, baciandola, questa volta con successo.

Gemeva e Amy poteva sentire la sua virilità indurirsi e premerle contro. Liberando le labbra con la forza, gli diede uno schiaffo. Ansimante, Kestler arretrò e si mise una mano sulla guancia che diventava velocemente rossa. "Puttana," disse.

Lei lo colpì di nuovo, facendolo sbattere contro il tavolo. Voltandosi, fece per afferrare la maniglia. Kestler la afferrò, le mani forti che le stringevano il braccio e la facevano voltare verso di lui. Questa volta fu lui a colpirla con un forte manrovescio sulla bocca che le fece tremare i denti. Le cedettero le gambe, i muscoli persero forza, e un altro manrovescio dall'altra direzione la spedì a terra.

Con la testa che le girava, Amy aveva solo una vaga idea di dove fosse o di che le stesse succedendo. Sentì la stoffa che veniva strappata, delle labbra calde contro un capezzolo scoperto. Mani le artigliavano il vestito, la biancheria. Attraverso la nebbia, lo vide armeggiare con i calzoni, slacciarsi la cintura e aprire la patta.

Amy riuscì a prendere abbastanza forza da piantargli uno stivale nell'inguine. Kestler urlò, barcollò all'indietro e colpì di nuovo il tavolo. Raggomitolato su se stesso, le mani sull'inguine, le lacrime che gli sgorgavano dagli occhi chiusi, piangeva come un bambino.

Rimettendosi in ginocchio, Amy si premette il dorso della mano sulla bocca, sentì il sangue e si maledisse per essere stata così stupida. Usando la maniglia della porta come sostegno, si sollevò in piedi e guardò Kestler che si dimenava sul pavimento. "Se vi avvicinate di nuovo vi uccido," disse e tornò nel negozio.

Muovendosi come se fosse ubriaca, attraversò le corsie, andando di tanto in tanto a sbattere contro la merce e facendo cadere pile di pentole, padelle, utensili da cucina e stoviglie. Senza nemmeno pensarci, andò dritta alla porta e uscì nella notte. L'aria fredda la colpì quasi con la stessa forza degli schiaffi di Kestler, ma la rinvigorì, le schiarì la testa. Riuscì ad arrivare al proprio carretto e, senza fermarsi, fece schioccare le redini sulla schiena del puledro e presto correva nella notte, lasciando Kestler ferito, l'orgoglio infranto, solo nella sua stanza a riprendersi.

E adesso, eccola lì. Li aveva visti portare lo straniero seminudo nelle stalle. In attesa, si avvicinò. Da quella notte, Kestler non l'aveva più approcciata ma lei continuava a fremere di rabbia per i soldi. Era in debito con lei e, dal suo punto di vista, lei aveva tutto il diritto di averli. Forse quello era un modo per rimediare. Arrivò alla porta della stalla e la aprì.

CAPITOLO DICIASSETTE

Le ombre erano già lunghe quando Roose arrivò in città, il cavallo che percorreva lentamente la via principale. I negozi su entrambi i lati della strada erano chiusi, gli ultimi proprietari che spazzavano via la polvere dagli ingressi. Uno o due alzarono la testa quando lui passò, i volti incorniciati dalle luci incerte degli interni dei negozi. Roose, che guardava dritto davanti a sé, andò verso l'unico edificio che sembrava aperto. Il saloon. Un'insegna scheggiata e sbiadita riportava il nome "Notti Fortunate" che Roose pensò essere divertente, data l'assenza di clienti.

Un uomo solo era su una sedia a dondolo accanto alle porte. Era impegnato a riempire una pipa d'osso mentre Roose smontava da cavallo, legava l'animale, si spolverava la giacca e raggiungeva la passerella. L'uomo alzò la testa. "Sera," disse con una parlata strascicata, poi si mise la pipa fra i denti, accese un fiammifero e lo avvicinò alla pipa piena.

Roose si toccò il cappello. "Cerco il signor Kestler."

L'uomo si fermò e si concentrò sull'accedere la pipa. Il viso gli si incupì. "E perché, signore?"

"È dentro?" Roose fece per fare un passo avanti.

"Ti ho fatto una domanda, ragazzo."

Quel commento divertì Roose, dato che era molto più vecchio del fumatore di pipa. "Voglio solo parlargli."

"Beh, puoi aspettare qui mentre io vado a vedere."

'Siete suscettibile, vero?'

"Faccio solo il mio lavoro, ragazzo," disse l'uomo, gettando via la pipa e alzandosi.

Roose notò la coppia di Colt Army alla cintura dell'uomo. "E che lavoro sarebbe?" Senza aspettare risposta, scostò la giacca a mostrare il distintivo appuntato sul bavero sinistro del panciotto. "Questo è il mio."

Stringendo le labbra, il fumatore di pipa si voltò e superò l'ingresso senza una parola.

Roose aspettò. Da dentro veniva poco rumore, forse perché era presto o perché gli avventori erano pochi. Tutta la città aveva una patina triste, anche gli edifici sembravano mogi, poco interessante. Puzzava di marcio e Roose dubitava che sarebbe rimasta abitata a lungo e sarebbe sparita, come altre città di frontiera del West. Mentre le grandi città come San Francisco e Los Angeles crescevano, le numerose città che erano cresciute sulle nuove ferrovie per ospitare i lavoratori morivano. Le chiamavano città fantasma. Mentre aspettava, Roose si chiese quante anime erano venute in posti del genere in cerca di sogni e nuovi inizi solo per vedere quelle aspirazioni schiacciate e calpestate nella polvere.

Sobbalzò quando le doppie porte vennero aperte. Riapparve il fumatore di pipa, ma non era solo. Il campo visivo di Roose era occupato da un omone accompagnato da molti altri uomini, tutti dall'aria cattiva e tutti armati, carichi d'odio verso lo sceriffo.

Mantenendo la calma, Roose inclinò appena la testa. "Il signor Kestler, suppongo?"

"Esatto," disse l'omone, "ma sono in svantaggio, con voi, signore. Chi siete?" Indossava una camicia ricamata con le maniche arrotolate, una patina lucida di sudore gli copriva la fronte aggrottata. L'unto intorno alle labbra indicava che aveva appena finito di mangiare.

"Mi chiamo Roose. Sterling Roose. Sono lo sceriffo di Freedom, una piccola cittadina a cinquanta miglia circa da qui, sto seguendo dei criminali che hanno fatto irruzione in casa di un mio amico e hanno rubato dei manufatti. Il mio amico si chiama Reuben Cole. Forse ne avete sentito parlare?"

Kestler diede l'impressione di pensarci per un attimo. Facendo sporgere la punta della lingua tra le labbra, assaporò i resti della cena prima di scuotere la testa. "Non posso dire di averlo fatto."

"Beh," Roose si guardò intorno, notando altri due uomini che arrivavano da vicino il saloon. Dovevano essere usciti dal retro. Avevano entrambi un Winchester, "Il fatto è, signor Kestler, che ho seguito quegli uomini dritti fino a qui."

'Ah davvero?'

"Sì. Forse potreste farmi dare un'occhiata in giro, trovare tracce del fatto che possano essere ancora qui."

"Non ci sono."

"Oh." Gli uomini dietro di lui si avvicinavano. 'E come potete saperlo, signor Kestler?'

"Perché so tutto nella mia città." Come se avesse dato un ordine silenzioso, gli altri superarono il loro capo e si allargarono a ventaglio accanto a lui. Quattro davanti, due dietro. Roose sapeva di non avere possibilità.

"Certo che sì. Forse potreste dirmi in che direzione sono andati... se hanno davvero lasciato la città."

L'inconfondibile suono della leva di un Winchester accompagnò l'ampio sorriso di Kestler. Roose abbassò le spalle. Non c'era molto che potesse fare a meno che non volesse farla finire in una rissa in cui qualcuno moriva di sicuro. Alzò lentamente le mani. Un pistolero alto e dinoccolato gli si avvicinò e prese la pistola di Roose.

"Siete da solo?" chiese Kestler, mentre gli altri si avvicinavano a Roose e lo prendevano per le braccia.

"Sì."

"Una caccia all'uomo con una sola persona? Non credo proprio. Abbiamo già uno dei vostri nella stalla." Roose sgranò gli occhi nonostante gli sforzi per nascondere la sorpresa. "Deduco che ce ne siano altri."

"Beh, no."

Il primo pugno colpì Roose alle viscere con la forza del calcio di un mulo, e lo fece chinare in avanti. Annaspò e stava per vomitare mentre pendeva dalla stretta degli uomini che lo trattenevano. "Fareste bene a dirci tutto quello che sapete," disse Kestler, prima di fare un cenno a quello dinoccolato. Sorridendo, il pistolero alto colpì di nuovo Roose al ventre con la sinistra, poi un gancio destro alla mandibola che quasi lo fece cadere.

Pendendo dalle braccia dei due uomini, Roose riuscì ad alzare la testa mentre Kestler si avvicinava. "Quanti siete?" Roose si limitò a scuotere la testa. Kestler fece un altro cenno a quello alto, "Suonagliene ancora, Bart." Senza bisogno di essere ulteriormente incoraggiato, Bart Owens tirò indietro il pugno preparandosi a colpire di nuovo. Prima di poterlo fare, però, dall'oscurità arrivò una voce.

"Lasciatelo a me, signor Kestler."

Brody uscì dal buio, la camicia bianca che lo avvolgeva con un'aura particolare. Accanto a lui c'erano i suoi uomini, vecchi indiani ricurvi, gli occhi febbrili, i corpi tesi per l'aspettativa.

"Siamo più che capaci," disse Owens, che non riusciva a trattenere la rabbia dalla voce.

"Lo ucciderete prima che possa parlare," disse Brody.

"Ho conosciuto uomini come lui," disse lo sfregiato, studiando attentamente Roose. "Non parlano mai senza la giusta pressione."

"E voi potete farlo?" chieste Kestler.

"Io posso."

"Allora fallo. Non mi piace l'idea che ci sia altra feccia che gira per la mia città."

Con riluttanza, Owens si fece da parte mentre gli indiani prendevano Roose e lo portavano con loro.

"Lo porteremo poco fuori città," disse Brody, poi aggiunse con un sogghigno, "così nessuno può sentirlo urlare."

CAPITOLO DICIOTTO

Da lontano, Samuels sentì qualcosa. Potevano essere dei ratti, ma non credeva. Si alzò a sedere, grugnendo per il dolore alle costole. Lo avevano picchiato in modo esperto, colpendo le costole e il ventre prima di spogliarlo e premere il coltello a lama larga sulla sua virilità. "Ci vorrà solo un secondo," aveva detto quello vestito di bianco, il sogghigno sarcastico sembrava un tratto permanente sul viso. Con la parte non affilata della lama, sollevò il membro di Samuels. "Un colpo veloce di lama..." Ridacchiò. "Farà male, amico mio. Ne farà tanto. Dimmi quello che sai."

In pochi minuti, Samuels rivelò tutto. Che c'erano altri due uomini nel suo gruppo, che non voleva più saperne, che Roose voleva uccidere tutti, soprattutto Soloman e Kestler.

Non tralasciò nulla, disse persino all'uomo in bianco che avevano derubato la casa di Reuben Cole e che Cole, appena si fosse ripreso, sarebbe andato personalmente a dar loro la caccia. Se fosse successo qualcosa a Roose, la vendetta di Cole sarebbe stata terribile.

"Sembra un bel tipo," disse quello vestito di bianco, rimettendo il coltello nel fodero in vita.

"Lo è. Ha combattuto gli indiani in passato."

L'uomo in bianco guardò i compagni. "Ne avete sentito parlare?"

Due di loro annuirono, un uomo alto e grosso con una profonda cicatrice sul lato del viso parlò a voce bassa e preoccupata, "Lo conosciamo bene. Dai vecchi tempi. Ha scovato i nostri padri, ne ha uccisi molti. La mia gente lo chiama Colui che viene. Niente può fermarlo, Brody."

"È così?" Brody si alzò. "Kestler deve saperlo. Questo qui lo portiamo in città."

Lo fecero e adesso, seduto al buio nella stalla, l'odore del fieno bagnato che gli riempiva le narici, Samuels trattenne il fiato, cercando di sentire il rumore dei ratti. Ma non erano topi.

Una figura si accovacciò davanti a lui.

"Li ho visti portarti qui."

Una donna, dall'aria spaventata. Non riusciva a vederla al buio, ma qualcosa gli fece pensare che fosse gentile. Giovane. Lampeggiò una lama e la donna tagliò le corde che gli legavano i polsi. "Usciremo di qui," gli sussurrò. "Non so chi sei o perché sei qui, ma un nemico di Kestler è mio amico."

Sfregandosi i polsi, Samuels si alzò in piedi. Lei lo aiutò. Profondamente consapevole di essere nudo, si scostò. "Non posso andare in giro così."

"Ho delle coperte nel calesse. Abito fuori città e, appena saremo lì, potremo pensare a cosa fare."

"A cosa fare? Non possiamo fare niente."

"Sì, invece," disse lei a denti stretti. "Possiamo ucciderlo."

Amy Childer aiutò Samuels a zoppicare tra la paglia e il fieno puzzolenti e marci, gli odori forti che li aggredivano da ogni direzione. Amy, ricacciando la bile in gola, si asciugò il sudore dalla fronte e allungò una mano per aprire la porta della stalla.

Ma c'era un uomo, la sua stazza impressionante era solo un'ombra enorme che bloccava la porta, l'uscita. Amy quasi gridò e si fece indietro, Samuels che gemeva nel suo abbraccio. Come aveva fatto Kestler a trovarla, a seguirla in quel preciso momento? Era come quel mago che aveva visto al teatro. Com'era? Leggeva nel pensiero? Un ipnotista? Non lo ricordava, ricordava solo che Stacey aveva riso tanto. Era stata l'ultima volta che lo aveva fatto. Forse questa sarebbe stata l'ultima volta anche per lei. L'ultima per tutto.

"È meglio se state zitti," disse l'uomo. Non era la voce di Kestler, questo lo sapeva. L'uomo si avvicinò e diede un pugno a Samuels, abbattendolo come un albero. Sollevò il ferito con facilità e se lo mise sulle spalle. "Statemi vicina."

"Ma chi siete?"

'Non preoccupatevi di questo," disse. "Vi libereremo."

"Ho il calesse laggiù," disse lei, indicando vagamente a sinistra.

'Non ci servirà,' disse lui.

Amy si bloccò a quelle parole, le servì un momento per trovare il coraggio di dire, " Perché no?"

"Perché," disse, estraendo la pistola e arretrando il cane, "andremo dal signor Kestler e lui mi darà una bella ricompensa per aver mandato all'aria il vostro piano."

"Non potete. Per l'amor di Dio, non potete!"

Le premette la canna della pistola contro la fronte, "Oh sì che posso, signorina. Devo tornare nelle sue grazie e questo è il modo perfetto per farlo. Adesso, camminate davanti a me e andate al negozio. Un passo falso e vi ficco una pallottola nella schiena."

"Miserabile bastardo."

L'omone ridacchiò. "Mi è stato detto di peggio, signorina, ma quello mi sta bene. Camminate, sono stanco e voglio farla finita."

. . .

Qualcuno parlava mentre loro superarono l'ingresso dell'emporio di Kestler. La voce sembrava rauca, le parole pronunciate con deliberata lentezza. "Mi servono quelle garanzie, signor Lomax. Mi servono entro domani così posso..." la voce si interruppe mentre chi parlava, dietro al bancone con la cornetta stretta contro la testa, vide gli intrusi e fece per prendere qualcosa nascosto sotto il banco. "Vi richiamo, signor Lomax... No, vi *richiamo*!" Mise giù la cornetta e puntò il revolver preso dal nascondiglio verso i tre strani personaggi che avanzavano verso di lui nella nebbia del negozio. "Fermi dove siete," disse.

"Mi chiamo Soloman," disse la voce di un uomo grosso che ne portava un altro sulle spalle. "Sono qui per parlare con il signor Kestler."

"So chi sei," disse l'uomo mentre usciva da dietro il bancone e superava lo sportello aperto, la pistola in mano e gli occhi socchiusi. "Che vuoi, Soloman?"

"Voglio parlare con il signor Kestler. Ho delle cose da dirgli e questi due potrebbero essermi utili, ho fatto innervosire il signor Kestler, l'ho deluso insieme ai miei ragazzi. Erano giovani, hanno sbagliato. Io non sbaglio e questi qui ne sono la prova." Grugnendo, mise la sua zavorra a terra.

"Lei chi è?"

Soloman alzò la testa e intuì che Amy tremava accanto a lui. "Voleva aiutare questo qui a scappare. Dice che voleva farla pagare a Kestler."

L'uomo con la pistola era arrivato vicino a loro. Alto, ben vestito, studiò Amy, la osservò e strinse le labbra. "Credo che voi abbiate cenato con il nostro comune amico. La signora Childer, giusto?"

"A malapena amico, chiunque voi siate."

"Sono Haynes. Mi chiamano dottor Haynes perché curavo i piedi della gente a San Francisco."

"*Piedi?*" sbottò Soloman, incapace di trattenere le risa. "Le ho sentite tutte."

"Il signor Kestler è al saloon qui vicino," disse Haynes, la voce che diventava glaciale. "Il mio consiglio è di andare a dirgli quello che hai detto a me mentre io aspetto qui e faccio compagnia alla signora."

Soloman esitò e si sfregò il viso, agitato, "Credo che aspetto."

"Aspetterai a lungo, amico. Al signor Kestler piace bere. Meglio andare a parlarci prima che arrivi al punto da non capire quello che gli dici."

"Mi porto la signora."

Riapparve la pistola, "No. Starà benissimo qui con me."

Sembrò passare un'eternità tra loro prima che Soloman cedesse con un lungo sospiro. Si voltò e andò a passo pesante verso la porta. Quando la aprì, Haynes sparò una sola volta, il proiettile colpì Soloman alla spalla, l'impatto lo spedì in strada.

Il corpo fece un rumore sordo quando cadde a terra. Amy urlò e Haynes la colpì al viso, facendola crollare in ginocchio. "Perché devo essere sempre io a rimettere a posto tutti i casini?"

Con il piagnucolio di Amy che riempiva il negozio, Haynes diede un colpetto a Soloman con la punta dello stivale. Espulse la cartuccia usata dal Remington e mise un altro proiettile nel cilindro.

Voci che si avvicinavano gli fecero alzare gli occhi e, all'improvviso, dalle porte arrivò una banda di uomini armati, Kestler davanti a tutti. "Che sono questi spari, dottore?"

"Avevamo visite." Haynes indicò Amy ancora in ginocchio e a capo chino. "Sembra che la signora Childer volesse liberare il prigioniero. Soloman li ha trovati e ce li ha portati, sperando di poter rientrare nelle vostre grazie."

"Beh, lo ha fatto per i suoi due soci stupidi," mormorò Kestler, avvicinandosi barcollando. "Ma comunque non posso fidarmi di lui, non dopo questo. Dov'è?"

"Fuori. L'ho mandato via con un proiettile nella schiena. Fatelo finire da uno dei ragazzi."

"Fuori?"

"Sì. In strada. Mi sorprende che non lo abbiate visto."

Turbato, Kestler schioccò le dita, "Rogers, vai a vedere."

Rogers, che masticava una pipa d'osso, borbottò qualcosa di incomprensibile e uscì dalla porta principale. Tornò subito. "Non c'è nessuno, signor Kestler."

Kestler si voltò verso Haynes, che li superò tutti.

Fuori, al buio, riusciva a vedere l'impronta di dove il corpo di Soloman era finito a terra.

Ma non c'era traccia di Soloman.

CAPITOLO DICIANNOVE

Kestler era seduto nel saloon, si rigirava tra i palmi un bicchiere mezzo pieno di whisky e fissava una sconvolta Amy Childer seduta di fronte a lui. Alle sue spalle c'era il dottor Haynes, che batteva il piede con impazienza. "Stava per darsela a gambe prima che Soloman la abbordasse. Sarebbe arrivata fino a El Paso, avrebbe avvisato le autorità. Non ci servono gli sceriffi a ficcare il naso. Non possiamo permetterci..."

"*Va bene, ho capito*!" Kestler dondolò in avanti e si gettò il whisky in gola. Quando il liquido ardente gli colò nelle viscere, si calmò. "Ti sento. Che suggerisci?"

"Di ucciderla, seppellire il corpo nelle praterie. I coyote si libereranno delle prove."

Amy si agitò sulla sedia, l'unico suono che le usciva dalla bocca era uno squittio soffocato. Aveva la mandibola e la bocca gonfie, un brutto livido viola che le copriva la metà inferiore del volto.

"E il marito?"

Guardarono entrambi Bart Owens, lì in piedi, che giocava con la pistola di Roose.

"Che c'entra?" chiese Haynes. "Da quel che ne so, è un ubriacone. Non si accorgerà nemmeno che è sparita."

"E se lo fa?"

. . .

Haynes e Kestler si guardarono. "Mitch," disse Kestler, "vai lì e assicurati che il signor Childer non dica niente a nessuno."

Toccandosi il cappello, Mitch Rogers si mise la pipa d'osso nella tasca del panciotto, si voltò e se ne andò senza dire una parola.

"Signor Kestler," disse Owens, con aria imbarazzata, non riusciva a guardare Kestler negli occhi, "Devo dirvi... Alcuni dei ragazzi sono nervosi con in giro quei Comanche."

"*Quei Comanche*," si inserì Haynes, "'i sono stati utili. Ho visto quello che hanno preso ed è una bella cifra. I miei contatti a San Francisco si assicureranno che saremmo pagati bene."

"Bart," disse Kestler, alzandosi in piedi barcollando, "So che hai letto tutti quei dannati romanzi su come i Comanche girassero per l'altopiano a macellare uomini, donne e bambini, ma quello è il passato."

"Con tutto il rispetto, signor Kestler, sono vecchi e vengono dal *passato*. Sono un gruppo di selvaggi assassini come quelli che giravano anni fa."

"Ah Bart, ma ti ascolti? Viviamo nel mondo moderno. Quei giorni sono passati. Non ci sono più selvaggi che danno fuoco alle case e violentano le donne. Sono civilizzati." Si fece strada tra i tavoli e raggiunse il bar, senza fiato, infilandosi le dita negli occhi. "Perbacco, non mi sento molto bene."

"Dovreste bere di meno," disse Haynes.

"È tardi," disse Kestler, ignorando la provocazione del socio. "Vado a letto. Bart," si girò e puntò gli occhi appannati e iniettati di sangue sul pistolero alto e magro. "Portala nelle praterie e finiscila, come ha detto il dottore. Attento ai coyote."

"Ma lì fuori ci sono Brody e quei Comanche."

"*Non rispondere, Owens!*" Kestler fece un respiro tremante. "Fai quello che ti è stato detto."

Con una smorfia, Owens prese con riluttanza Amy

per una spalla e la mise in piedi, infilandole la pistola contro la schiena. La spinse attraverso le porte e sparirono entrambi nell'oscurità mattutina.

Si accamparono fra le rocce, lo sfregiato aveva acceso un fuoco e ci si erano radunati intorno. Roose, picchiato al punto che non riusciva a muoversi, li guardò con attenzione. Brody, poco lontano, guardava la pianura. Se Roose fosse riuscito ad allentare le fasce di pelle intorno ai polsi e alle caviglie forse sarebbe riuscito a sopraffare uno di loro, prendergli la pistola e uccidere Brody. Gli altri sarebbero scappati, ne era sicuro.

Come era sicuro che un piano di fuga fosse inutile.

Mise di nuovo la testa contro le rocce fredde. Quegli uomini erano degli esperti. Non aveva possibilità di allentare le fasce. Ci provava inutilmente da quando lo avevano legato. Non avevano ceduto prima e non cedevano adesso. Era inutile e si maledisse per non aver lottato di più in città. Vero, sarebbe morto, ma si sarebbe portato dietro qualcuno di loro. La situazione in cui si trovava poteva avere un solo risultato. Calò la testa sul petto, disperato. Se fosse riuscito a vedere Maddie un'altra volta, allora niente di tutto questo gli sarebbe sembrato così brutto. Era stato sciocco a lasciarla. Uno sciocco per essere partito in quell'impresa folle. Uno sciocco per non aver aspettato che Cole si riprendesse. Insieme, li avrebbero atterrati tutti. Il destino aveva agito contro di loro, come sempre. Al diavolo quella situazione senza speranza e quella vita maledetta.

Qualcosa portò Stone a voltarsi e alzarsi a sedere nel sacco a pelo, i sensi all'erta. Un movimento nell'oscurità, il luccichio di occhi luminosi come candele di notte. Con estrema cura, prese il revolver e arretrò il cane. Un coyote, forse più di uno, lo circondava. Avrebbe dovuto accendere un fuoco, ma il timore di essere visto glielo aveva impedito. Forse era stato un errore.

Passò la mano sul terreno, trovò un sacco e si alzò in piedi, pronto ad aprire il fuoco se un coyote lo avesse attaccato. Lanciò la pietra verso gli occhi dell'animale. Un uggiolio, seguito dalla ritirata disperata dell'animale e poi Stone fu di nuovo solo.

Con un sospiro, si rilassò e fece per tornare al suo letto improvvisato quando, con la coda dell'occhio, vide qualcosa. Una luce, a ovest. Questa volta non era un animale. Muovendosi fra le rocce, si sollevò in alto e sbirciò nella notte. Il fuoco di un bivacco. Inconfondibile. Chiunque fosse aveva rivelato la propria posizione, proprio come lui aveva evitato di fare. Si concesse una breve preghiera di ringraziamento. Poteva essere Roose che tornava dall'incontro con Kestler? Senza poterlo sapere, Stone poteva solo aspettare. Tuttavia, sentì dentro qualcosa di non voluto. Una sensazione, il sospetto che forse non fosse Roose. Forse uomini mandati da Kestler a cercare Stone. A disagio, tornò al proprio campo e arrotolò in fretta le coperte. Sarebbe tornato da Reuben Cole senza perdere altro tempo. Se era Roose, andava tutto bene, ma in caso contrario... Stringendo i denti, fece più in fretta possibile e presto, con il cavallo carico, partì attraverso la prateria, l'alba era solo una macchia grigia all'orizzonte.

Strisce di bacon e semolino sfrigolavano in una padella annerita mentre Brody, che si stiracchiava, dava istruzioni a due dei suoi compagni di portare Roose.

"Non abbiamo tempo per giocare con te, amico mio," disse Brody mentre gli altri tagliavano i legacci di Roose e gli toglievano giacca e camicia. Il corpo pallido tremava alla luce fredda del mattino. Presto, quando sarebbe sorto il sole, la temperatura si sarebbe alzata. La pelle di Roose si sarebbe bruciata e riempita di vesciche. Era lì, floscio, sconfitto, mentre gli tagliavano i calzoni e lo lasciavano a tremare, come un tacchino spennato pronto per la pentola.

Lentamente, Brody tirò fuori il Bowie a lama piatta. Testò il filo con il pollice e sibilò. "Quanti siete, amico mio, a darci la caccia?"

Roose lo guardò, gli occhi scuri carichi di sfida. Avrebbe anche accettato il proprio destino, ma col cavolo che avrebbe detto qualcosa a quel mostro. Sorridendo, Brody fece un cenno ai suoi uomini, che tennero Roose per le braccia e le gambe. Quattro uomini, che ridevano come bambini cattivi, impazienti che iniziasse il divertimento.

Brody si avvicinò, la lama davanti alla faccia. "Me lo dirai, come ha fatto il tuo amico."

Roose voleva urlare. Avevano preso Stone. Avevano perso.

"Perché non evitare il dolore, eh? O ti piace?" Roose mormorò qualcosa e scosse la testa. "No, certo che no. Ma *questo* dolore non somiglierà a niente che hai già provato." Prendendosi il suo tempo, Brody mise la lama piatta contro lo stomaco avvizzito di Roose e la abbassò lentamente verso la sua virilità. Continuò senza smettere di guardarlo negli occhi, a Roose battevano i denti mentre veniva colpito dal puro orrore di quello che stava per succedere.

Voltando la lama, Brody la appoggiò contro il retto di Roose.

"Te lo chiedo un'altra volta, amico mio. Quanti uomini sono venuti con te e dove sono adesso?"

Roose si limitò a guardarlo.

Brody spinse e l'urlo che accompagnò il gesto risuonò nella pianura più forte di un tuono.

. . .

Steso sull'ampio ventre, Soloman guardò dal suo punto di osservazione dove si trovavano Brody e i suoi uomini che avevano appena finito di torturare Sterling Roose. Rotolandosi, Soloman guardò il cielo per un attimo, si passò una mano piena di calli sul viso e si alzò a sedere. Dall'altro lato rispetto a lui, Amy Childer sedeva con la schiena contro un tronco annerito, le lacrime che le pulivano il viso dalla sporcizia.

"Non finirà bene per nessuno," disse Soloman e si alzò. Barcollò fino a lei e si gettò a terra. "Ascoltate, quello che ho fatto colpendo quel figlio di buona donna, salvarvi, significa che verranno a cercarmi per uccidermi" Ruotò la spalla e fece una smorfia. "Per fortuna il proiettile mi ha sfiorato. Mi hanno sparato lì due volte, e due volte non mi hanno preso in pieno. Non è impossibile. Sono sempre stato fortunato. E adesso ho incontrato voi."

Lei alzò gli occhi. Lo guardò con malevolenza, determinata. "Se credete di essere meglio degli orribili uomini di Kestler, non è così. Grazie di aver colpito quella canaglia, ma so che qualcun altro è andato a uccidere il mio Stacey. La mia vita adesso non ha futuro, tanto vale che mi uccidete e la facciamo finita."

Lui la guardò. "Uccidervi? Perché dovrei volerlo fare? Nah, non vi ucciderò. Ascoltate, credo che se mi portare a casa vostra possiamo nasconderci e poi posso pensare a un piano."

"Non vi nasconderete in nessun posto associato a me, signore."

"Allora vi lascio da sola, eh? Non apprezzate proprio la mia gentilezza."

"Gentilezza? Mi avreste portata da Kestler e gli avreste lasciato fare quello che voleva finché non vi siete reso conto che non avrebbe fatto accordi. Siete tutti uguali: assassini, traditori e canaglie!"

"Siete selvaggia. Mi piace."

Lei si voltò di scatto, altre lacrime che le cadevano

sul viso. "Sparatemi. È l'unica cosa che voglio da voi."

"Beh, non sarà l'unica che avrete."

Lei lo guardò orripilata. "No. Vi prego, si supplico..."

"Non vi capisco, donna. Un minuto mi implorate di sparare e quello dopo resistete alle mie avance. Che volete?"

"Tornare a casa. Seppellire mio marito, poi lasciare una volta per tutte questo posto dimenticato da Dio."

"Da sola? Signora, può essere il ventesimo secolo, ma da quello che ho visto ci sono ancora tanti cattivi in giro. Meglio se andate a casa e mi aspettate."

"Aspettarvi?"

"Perché no? È una buona proposta. Mi prenderò cura di voi, vi tratterò bene..." Le fece l'occhiolino. "E vi soddisferò, posso garantirlo."

"Avete una buona opinione di voi stesso, vero?"

"Signora, per come la vedo non avete scelta. Mi piacerebbe passare la vita con voi, sistemarmi, magari aprire un'attività. Kestler mi ha dato delle idee e potrebbe anche funzionare."

Lei ci pensò a lungo. "Va bene. Vedo che siete un uomo di talento, a differenza di Stacey che si ubriaca tutte le sere. È molto probabile che sia morto, che quello magro con la pipa gli abbia sparato. Il fatto è che non mi importa proprio. La mia vita negli ultimi anni non è andata da nessuna parte, mi serve una nuova direzione."

"Vi darò qualsiasi direzione, lo prometto."

Dopo che Amy gli ebbe dato le indicazioni per arrivare a casa sua, se ne andò mentre lui, controllando le pistole, seguì Brody e i suoi uomini, attento a mantenere la distanza, sicuro che sarebbero tornati da Reuben Cole adesso che avevano finito con il prigioniero. Sia loro che Soloman volevano Cole morto, perché era un problema e, una volta che avrebbe saputo che il suo socio era morto, sarebbe stato guidato dal desiderio di vendetta, come quelle locomotive a vapore che tagliano

la prateria e aprono al mondo moderno. Soloman decise
che doveva morire, come Brody e i suoi uomini.

CAPITOLO VENTI

S tone vide la nuvola di polvere quando raggiunse il
pascolo. Erano molto lontani da lui, ma non poteva
sbagliarsi. Chiunque avesse acceso il fuoco stava andando verso di lui. Lo inseguivano. Dalla quantità di
polvere, sapeva che era più di uno, il che escludeva
Roose. E si muovevano in fretta. Desiderò avere il binocolo di Roose per vedere chi fosse. Maledicendo la propria sfortuna, spronò il cavallo e partì al galoppo diretto
all'unico posto in cui si sarebbe sentito al sicuro: da
Reuben Cole.

Seduto in veranda, Cole fissava il paesaggio che
circondava il ranch. Dal giorno prima si sentiva in-
quieto, girava a vuoto per la grande casa e ignorava le
suppliche di Maddie che voleva che si riposasse. "Ho
riposato abbastanza," le disse, e passò molto tempo a
pulire le pistole, controllare sella e briglie, assicurarsi
che le borracce e i sacchi di grano fossero pronti.

"Non andrai lì fuori," disse lei, uscendo in veranda.
Aveva le maniche arrotolate, una sciarpa rossa intorno
alla testa, il viso paonazzo per lo sforzo.

"Che stavi facendo?"

"Pulivo. Non sono sicura chi sia la donna che ti fa le

pulizie, ma per mettere a posto questa casa c'è un sacco di lavoro da fare."

Lui sorrise, nonostante la pesantezza che sentiva nel cuore. "Non c'è bisogno che lo fai tu, Maddie."

"Certo che sì," disse lei, sedendoglisi in grembo. Gli passò le braccia intorno al collo e lo baciò con passione. "Hai bisogno di una donna che si prenda cura di te, Cole."

"Beh, spero di averne trovata una."

Si baciarono di nuovo, ma all'improvviso lei si irrigidì e si fece indietro, turbata. "Quando lo diremo a Sterling?"

Cambiando posizione, Cole distolse lo sguardo, imbarazzato, a disagio. "Non lo so. Sarà la cosa più difficile che ho mai fatto."

"Peggio che dare la caccia agli indiani?"

"Molto peggio," disse lui senza esitare. "È l'unico vero amico che ho. So quanto conti per lui."

"Non è che lo abbiamo pianificato, Cole."

"Lo so. Ma non lo rende più facile."

Lei gli mise la testa sulla spalla, gli accarezzò la nuca, ed entrambi si ritirarono nei propri pensieri.

All'inizio, alzando gli occhi poco dopo, Cole credeva che la nube di polvere fosse dovuta solo al vento, che spesso assaliva il terreno dal nulla. Concentrandosi, si rese conto che stava arrivando qualcuno. Diede una pacca sul braccio a Maddie. "Vai nello studio, Maddie, prenditi un Winchester dalla rastrelliera."

Lei si irrigidì, si alzò a sedere e seguì lo sguardo di Cole. "Potrebbe essere Sterling."

"Forse, ma galoppa come se avesse l'inferno alle costole." Prese il fucile a ripetizione che aveva accanto e caricò una cartuccia. "Prendi il fucile e resta dentro."

Percependo la tensione, Maddie sparì immediatamente in casa e Cole si alzò.

Aspettò, concentrato sul cavaliere.

Non era Roose. Mancavano il cappotto nero e il vecchio Stetson che Sterling indossava sempre. Il cavaliere aveva il capo scoperto, indossava una camicia azzurra e pantaloni in denim.

Abbassandosi su un ginocchio, Cole aprì il mirino posteriore e strizzò gli occhi lungo la canna fino a vedere il cavaliere. Sobbalzò quando lo vide avvicinarsi. "*Stone*", sussultò e si alzò.

Stone fermò di colpo il cavallo, che scalciò e nitrì, gli occhi spalancati per la paura, le narici che si allargavano. Il giovane saltò giù prima che la polvere potesse posarsi e corse da Cole.

"Stanno arrivando, signor Cole. Sono in cinque."

'Chi sta arrivando?'

"Gli uomini che... Ahh, devo dirlo, signor Cole." Senza preavviso, cominciò a piangere e si afflosciò sul gradino più basso della veranda. Senza trattenersi, le emozioni che aveva represso esplosero come acqua da una diga. Premendosi le mani sul viso, pianse senza ritegno.

"Figliolo," disse Cole sottovoce, sedendosi accanto a lui. Gli passò delicatamente un braccio intorno alle spalle. "Cerca di dirmi che diamine sta succedendo."

Lottando per sopprimere i singhiozzi, Stone riuscì ad alzare la testa, mandò giù aria e si calmò. "Col signor Roose siamo arrivati a Lawrenceville. Il signor Samuels ha detto che non poteva uccidere, e se ne è andato. Ma poi, mentre andavamo in città, abbiamo visto gli indiani. Comanche, credo. Hanno preso il signor Samuels. Il signor Roose è diventato... non lo so spiegare, ma è cambiato. Aveva già..." Stone chiuse gli occhi. "Cougan, ve lo ricordate?"

"Sì. Suo padre era con noi anni fa."

"Lui... signor Cole, non ho mai visto una cosa così. Cougan si è agitato quando il signor Samuels ha detto che tornava qui. Cougan ha preso il coltello e voleva uccidere il povero signor Samuels..."

"Che *cosa* voleva fare?"

"È vero, lo giuro. Ma il signor Roose si è messo dietro di lui e gli ha ficcato il coltello nella schiena e lo ha ucciso. Poi si è messo a terra e si è messo a dormire come se niente fosse."

Cole spostò lo sguardo sulla prateria. "Sterling si è comportato in modo molto strano di recente. Come se stesse perdendo il controllo."

"Ho sentito che succede ai vecchi. Ma il signor Roose non è vecchio, no?"

Cole non rispose, si limitò a sospirare. "Continua a raccontare, figliolo."

"Beh, quando li abbiamo visti venire con il signor Samuels, il signor Roose mi ha detto di tornare qui, dirvi di mandare soldati a Lawrenceville e arrestare Kestler. Poi è andato lui."

"Sterling è andato in città?" Stone annuì, tirando su col naso. "Per vedersela da solo con Kestler?"

"Credo che l'idea fosse quella. Ha detto che ci voleva solo parlare, convincere Kestler a lasciar andare il signor Samuels. Ma... signor Cole, era diverso. Era freddo. Come se fosse da un'altra parte."

"Cavolo," disse Cole sfregandosi il viso, pensieroso. "Era deciso a ucciderlo. Lo so dai vecchi tempi, come Sterling poi sembra posseduto."

"C'è dell'altro."

Cole annuì. "Lo pensavo."

Mi stanno seguendo. Quei Comanche. Sono stati sulle mie tracce tutta la notte e tutto il giorno. Li ho portati dritti da voi, signor Cole."

Poi successe qualcosa di buffo.

Sul viso di Cole si allargò un sorriso. "È la cosa migliore che potessi fare, figliolo." Si voltò verso il ragazzo. "Prendi la tua pistola e vai sul balcone con Maddie. Quando vi do il segnale, riempite quei banditi di piombo finché non cadono tutti."

"E voi che fate?"

Cole si alzò, si mise il Winchester in spalla e sorrise di nuovo. "Darò loro il più grande shock della loro vita."

Da dove avevano fermato i cavalli, la grande casa sembrava deserta. Lo Sfregiato incrociò le mani sul pomello della sella e si sporse in avanti. "Deve essere dentro."

"Le tracce arrivavano qui," disse un altro guardando i segni sul terreno.

"Allora dovremo andare dentro a farlo uscire," disse Brody. Sorrise agli altri. "Una volta che lo abbiamo, possiamo cercare in casa e prendere quello che Soloman si è lasciato dietro. Il signor Kestler ne sarà molto felice."

'Deve ancora pagarci,' disse lo sfregiato.

"Non se ne preoccuperà." Studiò il piano superiore e qualcosa lo rese sospettoso. "Non ne sono sicuro, ma credo che lui sia dentro a guardarci."

"A guardarci?" lo sfregiato prese il revolver. "Entriamo e uccidiamo il vecchiaccio."

Brody grugnì, d'accordo, e fece avanzare il cavallo.

Dal balcone, Maddie e Stone si alzarono in ginocchio e aprirono il fuoco sugli indiani, le fucilate erano assordanti e quasi continue.

Urlando ordini sopra il rumore, Brody fece allontanare il cavallo, restituì il fuoco verso il balcone usando la Colt, con spari selvaggi. Un grosso proiettile colpì l'indiano accanto a lui spedendolo a terra. Un altro urlò, proiettili che lo colpivano al petto. "Disperdetevi," urlò Brody, colpendo freneticamente i fianchi del cavallo, mentre i due compagni andavano in direzioni opposte.

Mentre cercava di mantenere il controllo del cavallo imbizzarrito, Brody fissò la morte che gli si avvicinava velocemente.

Un cavallo arrivò di gran carriera dal fianco, dritto verso Brody e i suoi uomini. Brody rimase a bocca aperta, incredulo, senza sapere cosa fare, non sapendo perché il cavallo caricava con tanta determinazione. Tale controllo.

Battendo le palpebre, si rese conto del perché.

Un uomo, nascosto perché era schiacciato contro il fianco del cavallo, si alzò sulla sella, puntò il Winchester, sparò. Colpi misurati, alcuni che andavano a vuoto per via della spinta del cavallo, ma abbastanza riuscivano ad andare a segno al punto da far cadere di sella i Comanche rimasti che cercavano disperatamente di scappare.

Cole gettò il Winchester scarico a terra, prese la Cavalry Colt dalla fondina e ficcò un proiettile nella spalla destra di Brody, lanciandolo sopra la schiena del cavallo, che sgroppò urlando e scappò sul terreno arido.

'*Cole*!'

Facendo rallentare il cavallo, Cole girò intorno al corpo del suo presunto assalitore e alzò lo sguardo per vedere Maddie sul balcone, l'avambraccio nudo premuto sulla fronte. 'Cole, per l'amor del cielo...'

"Va tutto bene," sputò e scese di sella.

Brody si mosse, il sangue che sgorgava dalla brutta ferita nella parte superiore del petto. Il suo revolver era vicinissimo, ma, mentre i suoi occhi febbrili guardavano in alto, Cole lo allontanò con un calcio. Tirò indietro il cane della propria pistola. "Che hai fatto al mio amico?"

Da qualche parte nel mare di dolore che lo invadeva, Brody si rese conto della voce di Cole. Le parole. Il loro significato. Si sforzò di sorridere. "Vai a farti fottere," disse.

Passandosi la lingua sulle labbra, Cole scosse la testa e rimise la Colt nella fondina. "Il problema è, ragazzo, che ho schiacciato feccia come te su queste terre un quarto di secolo fa, so come fate. So che ti sei divertito molto a torturare il mio amico." Fece un cenno verso il coltello di Brody. "Hai usato quello, hai tagliato il mio amico in due. L'ho visto. Lo so. E adesso," fece una pausa a effetto prima di prendere il proprio coltello, trenta centimetri di freddo acciaio, "adesso succederà lo stesso a te."

"Non ti dirò niente, gringo."

"Oh sì che lo farai," disse Cole, "mi dirai tutto."

Dopo cinque minuti, Cole aveva scoperto tutto quello che aveva bisogno di sapere. Non sentì Maddie urlare né Stone vomitare. Non sentì né vide nulla. Solo quello che disse Brody. E poi Cole lo tagliò a metà e lo lasciò sanguinare nel sole cocente di quella lunga, tremenda giornata.

"Brucia i corpi," Cole disse poi a Stone, controllando le armi e arrotolando la coperta. "Poi vai in città e manda un telegramma all'esercito a Carson City, digli cosa sta succedendo a Lawrenceville. Che Kestler sta finanziando la sua parte della ferrovia rubando oggetti di valore dalle grandi case di Freedom. Pensi di poterlo fare?"

"Sì che posso, signor Cole. Userò il telefono, farò prima."

"Bravo," disse Cole. Prima era meglio era, pensò. Non aveva idea di quanti uomini avesse Kestler. Doveva essere lucido e conservare le proprie abilità. Nonostante i lividi e le botte della rapina gli dessero meno fastidio, aveva comunque dei dubbi. L'attacco a Brody e ai suoi Comanche lo aveva stancato. Indipendentemente da quanto gli fosse difficile ammetterlo, sapeva che l'età era contro di lui. Cavalcare alla Apache lo aveva sfiancato. La schiena gli faceva male e le cosce gli bruciavano come se fosse stato in una vasca di acqua bollente.

"Non puoi andare," disse Maddie, come se fosse spuntata dal nulla, gli occhi umidi. "Ti prego, Cole, non puoi."

"Devo farlo," disse lui senza alzare gli occhi dai suoi preparativi. "Lo sai."

"Non so niente del genere! Vai lì da solo e finirai col farti ammazzare, proprio come Sterling."

Cole smise di arrotolare il sacco a pelo e si morse il labbro. "È proprio per questo che devo andare, Maddie. Era mio amico. Morire così..." Scosse la testa e ingoiò il dolore. "Li farò pagare per quello che hanno fatto. Devo farlo."

"Se ritorni, vecchio mulo cocciuto, non sarò qui."

Si voltò e la guardò in quei bellissimi occhi. "Sì che ci sarai."

"No, non ci sarò, dannazione!" Si gettò verso di lui, tempestandogli il petto di pugni, le lacrime che le colavano sul viso. "Non posso perdervi entrambi."

Lui fece per abbracciarla, per stringerla, darle conforto e rassicurarla. Lei si allontanò con violenza, il viso contorto in una maschera di furia. "Lo giuro, se vai, io me ne vado."

Si fissarono a lungo prima che Cole prendesse le proprie cose e uscisse per raggiungere il cavallo. Consapevole del fatto che lei fosse lì, a fissarlo, lui non si voltò. Invece, si sollevò in sella e fece partire il cavallo verso Lawrenceville e il regolamento di conti che aspettava tutti.

CAPITOLO VENTUNO

La città non si dimostrò trafficata quanto si aspettava. Certo, c'era gente in giro, negozi aperti, le stalle e gli empori in attività, ma mancava qualcosa. Amichevolezza, calore, chiamatelo come vi pare, quelle cose non c'erano nei volti mogi e infelici della popolazione. Nel cuore c'era una tangibile indifferenza, un'accettazione del loro destino. Non era un posto felice.

C'erano due uomini seduti fuori al primo saloon in cui Cole arrivò, i cappelli calati sul viso, le gambe, infilate in stivali al ginocchio, allungate, le pistole dichiaravano al mondo chi fossero esattamente. Ingoiando la rabbia, Cole scese dal cavallo e legò le redini alla colonnina. Era un pò come tornare indietro nel tempo. L'illegalità che un tempo avvolgeva il West sembrava aver trovato l'ultima roccaforte in quella città cupa e poco invitante.

Mentre saliva i gradini verso le porte, i due uomini si risvegliarono e lo guardarono in modo gelido. Cole si toccò il cappello ed entrò.

Dato che era tardo pomeriggio, c'erano pochi clienti. Un altro paio di pistoleri erano a un tavolo a giocare a carte, espressioni annoiate sul viso, fumo di sigaretta che aleggiava su di loro in nubi nefaste. Al centro del tavolo c'era mezza bottiglia di whisky, qualche moneta sparsa tutt'intorno. Una donna con un corsetto stretto rosso scarlatto guardò in alto dalla sua posizione in grembo a uno dei pistoleri e sorrise a Cole. L'uomo seguì il suo sguardo. Non sorrise.

Cole andò dritto al bar e sentì lo scambio di commenti al tavolo delle carte. Contemporaneamente, i due pistoleri che erano fuori entrarono. Cole chiuse gli occhi e fece del proprio meglio per restare calmo. Non cercava lo scontro, ma essere minacciato avrebbe potuto incendiarlo. Sospirando, colse l'attenzione del barista. "Servite caffè?"

"Serviamo quello che volete, straniero."

"Caffè nero."

Con un cenno, il barista andò all'altro capo del bancone per preparare l'ordine e Cole li sentì avvicinarsi.

Due dal tavolo, due dalle porte.

Tenne gli occhi fissi davanti a sé e poteva vederli chiaramente nello specchio dietro al bancone.

"Che bell'anello che avete, signore," disse uno dei due.

Cole si voltò e studiò l'uomo che si stava avvicinando. Alto e dinoccolato, in vita portava una Remington New Model Police consumata in una fondina per l'estrazione incrociata. Era la pistola di Roose. Cole tenne per sé la propria furia, la necessità quasi debilitante di allungare una mano e uccidere l'uomo era difficile da controllare. Ma ci riuscì. Si limitò ad alzare le spalle. Anche lui aveva una fondina per l'estrazione incrociata. "Potremmo essere gemelli."

Gli altri risero, ma quello alto aggrottò la fronte. "Che volete, signore?"

Ignorando il tono minaccioso, Cole provò sollievo quando il barista tornò con il caffè. Ne bevve un sorso e annuì approvando. "È buono."

"Vi ho fatto una domanda."

"Beh..." Cole rimise la tazza sul piattino e si voltò,

sapeva che l'uomo era impaziente e gli piaceva. "Sono di passaggio."

'Verso dove?'

"Casa." Gli altri non si erano uniti a loro, lasciando che quello alto parlasse. Forse avrebbero gettato altre esche a breve, quindi Cole si prese il suo tempo e cercò di alleviare la tensione. Disse, con tutta la calma che poteva, "Amico, sembrate piuttosto agitato. Ho fatto qualcosa per offendervi? Nel caso, mi scuso."

Quello a sinistra si schiarì la gola, "Sì, forza Bart, lascia perdere, eh."

"State andando a casa," disse Bart, ignorando le parole del compagno. "E dove sarebbe?"

"Tucson. Ho lasciato l'esercito un mese fa e me la sto prendendo comoda lungo la strada per l'ultima volta."

"Lasciato l'esercito?"

"Sissignore. Sono stato un perlustratore per gli ultimi trent'anni, ma è arrivata la mia ora. Fort Concho chiuderà presto adesso che la frontiera è tranquilla."

"È questo quello che avete fatto, signore?" chiese quello alla sua sinistra. Un uomo più giovane, il viso che brillava di curiosità maliziosa. "Combattevate gli indiani?"

"Sì, ma molto tempo fa."

Un altro uomo si sporse in avanti, "Che ne pensate di quel Buffalo Bill e il suo Selvaggio West?"

Cole ridacchiò e finì il caffè. "Lo chiamano così? Non saprei."

Appoggiandosi al bancone col gomito destro, Bart sembrò più serio che mai. "Che ne pensate di Buffalo Bill? Ci avete avuto a che fare?"

"Non direi. L'ho visto da lontano una volta, molti anni fa. Ho sempre pensato che fosse solo un opportunista."

"Un oppor...cosa?" chiese quello giovane.

Cole lo guardò. "Forse non proprio lui, ma la gente

come lui ha strappato il cuore agli indiani con quello che hanno fatto."

"Cosa hanno fatto?"

"Gli hanno tolto i mezzi per vivere. La loro relazione con i bufali risale a prima dell'arrivo dei bianchi, ma noi abbiamo pensato bene di distruggerli. O, almeno, di provarci. Gli indiani vivevano con i bufali, ne usavano la carne, le pelli. Anche i tendini. Tutto quello che l'Uomo Bianco ha fatto è stato strappargli la pelle e lasciare la carne a marcire nelle praterie."

"Sembra che vi piacciano gli indiani, signore."

Cole guardò Bart in modo sprezzante. "Se non avessimo portato via le loro anime, il loro modo di vivere, non avremmo avuto tutti i problemi che abbiamo avuto, e nessuna delle morti."

"Tutto perché abbiamo ucciso i bufali?"

"Per come la vedo io, soprattutto per quello."

"Ma voi avete combattuto con gli indiani?" chiese quello giovane. "Li conoscevate per quello che erano. Feccia assassina." Gli altri grugnirono il loro assenso. "Ho sentito che ne sono scappati altri dalla riserva. Comanche."

"Dovrebbero essere tutti legati," disse Bart fra i denti. "Non sono altro che animali."

"Deduco che li avete incontrati? Di persona, intendo. Ci avete parlato, cercato di capirli?"

"E voi?"

Cole annuì. "In più occasioni."

Bart si voltò e sputò nella sputacchiera ai suoi piedi. "Come ho detto, vi piacciono gli indiani."

"Non giustifico quello che hanno fatto agli insediamenti," continuò Cole, senza fermarsi, "ma lo capisco. Se si toglie il cibo a un carpentiere, che farà? Diventerà un agricoltore? Dopo una vita passata a fare cose con le mani... è lo stesso con gli indiani. I Comanche erano chiamati i *Signori delle pianure meridionali*. Ma quando quelle erano le loro terre. Adesso sono nostre, ma almeno i bufali stanno tornando." Si allontanò dal bancone e si stiracchiò la schiena. "Sapete dove posso trovare una stanza?"

Il barista, a cui Cole si era rivolto, si asciugò le mani sul grembiule. "Penny Albright ha delle stanze. La troverete ha due strade di distanza, a destra della Crosskeys Mercantile Bank."

Cole si toccò il cappello e mise un dollaro sul bancone. "Tenete il resto."

"Pensavo foste di passaggio?"

Voltandosi per sorridere a Bart, Cole guardò l'attrezzatura dell'uomo, e decise sul momento che sarebbe stato il primo a morire. "Mi serve prima una notte di riposo. Poi, dopo una bella colazione, me ne andrò." Fece un cenno col capo a ognuno di loro. "Ci vediamo."

Se ne andò, uscendo dalla porta ed esaminando la città. I pistoleri lo seguirono, gli speroni che rumoreggiavano nell'interno silenzioso del saloon. Senza guardarsi indietro, Cole salì in sella.

Trovò la pensione senza troppi problemi.

Penny Albright non era quello che Cole si aspettava. Non sapeva esattamente *cosa* si aspettasse, ma di certo non la donna curata di mezz'età con un viso bellissimo e occhi verdi che brillavano maliziosi e che lo salutò quando lui arrivò.

Gli mostrò la stanza, che era piccola, luminosa, comoda e pulita. Fu preso da un'improvvisa urgenza di buttarsi sul letto e mettersi a saltare sul materasso, ma riuscì a restare in piedi e guardò la donna. Le controllò la mano e vide che indossava un anello. Inoltre, lei notò che lui la guardava e arrossì.

"Mio marito è un ispettore, signor...?"

"Cole. Reuben Cole."

"Vi sentite bene, signor Cole? Sembrate arrossato."

"Arrossato?" Si tastò la mascella, la sentì ancora calda perché era arrossito. "No, no, sto bene."

"No, parlavo dei lividi."

"Ah!" Si costrinse a ridere, il disagio sempre più forte. Si accasciò sul letto, improvvisamente stanco, il dolore alle costole che tornò più forte che mai. Si premette il fianco destro senza pensarci. La donna sembrò più preoccupata. "Io... ehm... ho avuto un incidente nei pascoli. Niente di serio."

"Senza offesa, ma sembrate sfinito, signor Cole. Vi porterò un pasto caldo in camera, così non dovete scendere di sotto. Ho solo un altro cliente, un venditore di Kansas City. Anche lui se ne andrà domattina."

"È una cittadina trafficata, allora?"

Lei fece per parlare, poi strinse le labbra e si fermò. Lui aggrottò la fronte. "Era una *bella* cittadina, signor Cole. Finché certi elementi sgradevoli non sono venuti e si sono fatti notare. Molta gente è andata via."

"Ah sì, credo di averne incontrato qualcuno al saloon quando sono arrivato."

"Pistoleri?" Lui annuì e notò di nuovo gli occhi della donna che si posavano sulla pistola. "Forse è qualcosa che conoscete, signor Cole?"

"Sono un perlustratore dell'esercito, signora. Ex soldato. Ho cavalcato per ogni centimetro di queste terre e uomini come quelli del saloon sono stati miei compagni troppo a lungo."

"Non amici, spero."

"Assolutamente no, signora. Ho poco a che spartire con uomini del genere. Sapete che ci fanno qui?"

"Sono impiegati di un uomo di nome Kestler. Randolph Kestler. Non scenderò nei dettagli perché quell'uomo non ha abitudini cristiane e ha portato solo cattiveria a Lawrenceville. Ha azioni della ferrovia e vuole espandere i binari nel New Mexico e anche oltre, guadagnando profitti dal trasporto di manzo. Ha fatto dei grossi investimenti e corteggiato l'avarizia dei baroni del bestiame fino al confine col Messico. Perché si fidino di lui senza battere ciglio gli serve una cittadina tranquilla e ne sono spuntate molte lungo la ferrovia, ma non molte lo sono come questa."

"Capisco."

"Non credo, signor Cole."

'È un uomo d'affari che vuole sviluppare la sua azienda.'

"Un uomo d'affari che sviluppa la sua azienda raccogliendo soldi usando ogni mezzo che gli riesce."

"Volete dire in modo disonesto?"

Lei strinse le labbra, chiaramente a disagio nel discuterne con un perfetto sconosciuto. Cole capì e non insistette. Come poteva la donna sapere lui chi era? In tutta onestà, avrebbe potuto essere anche lui al soldo di Kestler, mandato a sondare l'opinione pubblica. Cole sospirò e si alzò, gettò il capello e si tolse la giacca. Fece una smorfia quando sentì una fitta di dolore e lei corse al suo fianco ad aiutarlo.

"Dovete riposare, signor Cole."

"Grazie, signora Albright."

Lei lo guardò stendersi sul letto.

In un attimo, Cole si addormentò.

CAPITOLO VENTIDUE

Il vento sollevava nuvole di polvere nella strada principale e i cavalli legati alle palizzate scalciavano sul terreno, nitrendo a disagio mentre piccole schegge di ghiaia finivano loro in faccia o pezzi più pesanti li colpivano al posteriore.

Kestler, seduto sulla sedia a dondolo a fumare un sigaro, si alzò e si stiracchiò. "Sta arrivando una tempesta," disse a nessuno in particolare.

Si voltò per rientrare. La promessa di un pasto caldo e un bicchiere di bourbon davanti al fuoco lo attirava, ma qualcosa lo fece fermare. Si voltò lentamente, quasi aspettandosi di non vedere nulla a parte i cavalli nervosi, desiderosi di essere in una stalla. Invece, vide un uomo. Alto, con una giacca di renna e stivali alti, una bandana che gli copriva parte del viso, un cappello di paglia a tesa larga che sventolava talmente tanto che sembrava pronto a prendere il volo.

"Posso aiutarvi, straniero?"

"Forse." Abbassò la bandana per mostrare i tratti dai lineamenti marcati, duri come selce.

Qualcosa nella voce, dura come acciaio, fece irrigidire Kestler. Non si scompose mentre qualcuno si muoveva alle sue spalle.

Bart Owens si avvicinò al suo capo. "Chi è?"

"Non lo so."

Owens si schiarì la gola e fece un passo avanti. "Ehi, vi conosco. Ci siamo incontrati ieri sera. Cercavate una stanza. Se cercate altro, non abbiamo..."

"Roose Sterling."

"Chi..."

Kestler mise un braccio su quello di Bart. "Vai a prendere i ragazzi, Bart."

Tra loro passò qualcosa e Bart, notando la paura nella voce del capo, si voltò e quasi corse dentro.

"Non so dov'è," disse Kestler, ruotando le spalle e mettendosi i pollici nella cintura a pochi centimetri dal revolver, "se è quello che mi state chiedendo."

"E invece lo sapete."

Senza preavviso, il vento cessò, improvvisamente come era cominciato, e il sollievo dei cavalli era evidente. La tensione in Kestler, invece, aumentò. "Ho detto che non lo so."

L'uomo rimase in silenzio, persino mentre sul portico ne apparivano altri quattro, a passo pesante, che ribollivano di rabbia. Forse avevano dovuto interrompere la partita a carte o le bevute. Forse entrambe le cose. Chiaramente, qualunque fosse la ragione, erano furiosi e col viso rosso pronti alla rissa.

"Dovrò chiedervi di andarvene, signore. La gente come voi non è la benvenuta in città. E," guardò rapidamente gli altri, "dato che è la *mia* città, ho l'autorità." Si sporse, il mento all'infuori, "Andate al diavolo."

"È quello che avete detto a Sterling prima di cacciarlo e darlo in pasto ai selvaggi?"

Battendo le palpebre, Kestler si raddrizzò. "Quali selvaggi?"

"Circa cinque. Hanno preso Sterling, l'hanno spaccato in due prima di inchiodarlo e cuocerlo al sole di mezzogiorno. E adesso mi direte che non avete niente a che fare con questa storia."

"Ed è così. Chi siete, signore?"

"Il fatto è," lo straniero si strofinò il mento, "che sono andato alla riserva prima di venire qui. Ho parlato con alcune persone. È inusuale per i Comanche, o per gli altri, di uscirne oggigiorno. Nessuna ragione. Tranne..." Abbassò la mano, "tranne quando viene offerta loro la possibilità di fare soldi."

Qualcuno fischiò. Un altro tossì nervoso. Un terzo si scusò e rientrò. Kestler non smise mai di guardare lo straniero. "Non so dove volete arrivare."

"È giusto? Beh, lasciate che vi illumini. Avete impiegato bande per svaligiare diverse case da queste parti, pagarli pochissimo a confronto del valore degli oggetti che hanno rubato. Lo so." Indicò il saloon. "Ero qui ieri sera. Ho visto uno dei quadri di mio padre sulla parete."

"*Uno dei quadri di vostro padre?* Signore, vi consiglio di andarvene. Adesso." Sorrise, prima di aggiungere enfasi alla minaccia, "Prima che vi facciate male."

Lo straniero, però, ignorò le parole di Kestler e continuò, con completa nonchalance. "Le cose di mio padre, non sono state loro a farmi tornare. È quello che avete fatto a Sterling. Vedete, era mio amico e prima che gli cavassi gli occhi il giovane verme che ha guidato quei Comanche mi ha detto chi li ha ingaggiati." Si passò la lingua all'interno della bocca e sputò sul terreno. "Voi, signor Kestler."

"Giovane verme? Signore, sembra che vi siete inventato una bella storia.2

"Si chiamava Brody."

I pistoleri accanto a Kestler si irrigidirono. Bart sporse la mascella. "Brody? Che avete detto che gli avete fatto? Cavato gli occhi?"

"E molto altro, dopo che ho ucciso quelli che erano con lui."

"Roba per porci," disse uno degli altri.

"Come finirai tu, ragazzo."

Gli altri gelarono fino alle ossa.

Kestler, un omone, il ventre grosso che pendeva dalla cintura, era sicuro delle proprie abilità. Aveva ucciso molti uomini, alcuni, come in quel momento, faccia a faccia. Qualcosa riguardo quell'uomo, però, lo infastidiva. Non si era mai trovato in quella situazione, non era mai stato contro un uomo così. Aveva qualcosa di diverso. Una calma. Una latente propensione alla violenza. L'aria di essere uno pericoloso, qualcuno a cui stare attenti.

Allontanando i dubbi e l'ansia, Kestler rise e rischiò. Si mosse il più velocemente possibile per estrarre la pistola ma, prima che le dita si fossero chiuse sul calcio della Remington, una pallottola lo prese in mezzo agli occhi. Si accasciò senza rendersi conto di nulla e cadde con uno schianto colossale sul portico, sollevando una nuvola di polvere antica ad avvolgergli il corpo come un sudario.

Per un attimo nessuno si mosse. Era successo tutto troppo in fretta. E adesso Kestler era morto. Un attimo prima quel sogghigno ben noto, quell'arroganza, poi non restava altro che un guscio vuoto.

Bart Owens si riprese per primo. Fece per prendere la pistola, quella che aveva preso a Roose, la pistola che lo straniero conosceva bene. Due proiettili colpirono Bart al petto, mandandolo all'indietro nelle porte del saloon. Una donna urlò.

Gli altri esitarono.

"Era il vostro capo," disse lo straniero, "non lo è più. Lasciate perdere. Non avete più un lavoro."

Rimase con la Colt in mano, un sottile filo di fumo che si alzava dalla canna.

Per un attimo, sembrava che nessuno avrebbe risposto o fatto la cosa più intelligente. Il mondo si fermò. Nessuno parlò o respirò. Poi, gradualmente, il disgelo. Gli occhi degli uomini andarono da una parte all'altra e le spalle si rilassarono. Si scambiarono occhiate e, uno per uno, si voltarono e se ne andarono, lasciando lo straniero a riflettere sul corpo di Kestler. L'unica reazione fu il sollevarsi di un angolo della bocca.

L'inconfondibile suono del cane di un revolver fece bloccare Cole.

"Abbassate la pistola e giratevi, piano, signor Cole."

Lo fece, la Cavalry che cadeva con un tonfo sul pavimento di legno.

"Siete maledettamente bravo," disse l'uomo. Indossava un panciotto nero, le maniche della camicia bianca arrotolate fino ai gomiti, gli occhiali sulla testa. La pistola in mano si mosse appena. "Ma forse i vostri giorni da cacciatore di indiani sono finiti. Dubito che avrei potuto arrivare così fino a voi quando eravate nelle pianure a caccia di Comanche."

"Fate quello che dovete fare."

Un sorriso prima che la testa dell'uomo esplodesse in una grande palla cremisi e bianca di sangue e cervella.

Prima che il cadavere cadesse a terra, Cole si era tuffato finendo sulle assi e rotolando. Prese la Colt e riuscì a ficcare tre pallottole nell'uomo a una ventina di passi in mezzo alla strada, il Winchester che già caricava un'altra cartuccia. A testa bassa, Cole si gettò attraverso quello che restava delle porte del saloon mentre i proiettili colpivano il muro.

Si prese un attimo, gli occhi che guardavano i clienti terrorizzati dietro i tavoli sollevati o negli angoli. Un pistolero con la pipa d'osso nella tasca della camicia corse da lui. "È Soloman," disse. 'ù"Mi ha preso in giro fuori casa di Stacey Childer. Deve pagarmela," diede enfasi a quelle parole sfregandosi la nuca.

"È la mia battaglia," disse Cole, ricaricando la pistola.

"Non importa chi lo uccide," disse il fumatore di pipa, "ma uno dei due deve farlo, non si fermerà." Sorrise. "Mi avete tolto il lavoro, signor Cole, dato che avete ucciso entrambi i miei capi. Quello che vi ha sparato era il socio di Kestler, il dottor Haynes. Soloman è quello che è entrato a casa vostra. Se ci aiutiamo, forse possiamo dividerci il bottino."

"Parte di quel bottino è mio."

L'uomo alzò le mani, "Ehi, non dico la roba vostra. Mi serve solo abbastanza da potermi sistemare in una taverna verso il Messico. Questa vita non è per me. Devo cambiare aria." Si sfregò la nuca. "Mi ha colpito con tanta forza mentre stavo per liberare quel povero Childer dai suoi guai. Almeno credo fosse Soloman. Quando mi sono svegliato non c'era nessuno. Ma comunque, non mi è mai piaciuto."

Un altro sorriso, poi corse alla porta, si chinò con la pistola in mano. Guardò fuori e poi uscì.

Cole lo seguì attraverso il saloon e si appiattì contro il muro accanto alle porte distrutte. Tra le schegge, riuscì a vedere l'uomo con la pipa che girava l'angolo e spariva.

Due colpi di Winchester arrivarono subito dopo e gli dissero tutto quello che doveva sapere.

Guardò il saloon. Tutti i clienti rimasti stavano rapidamente uscendo dalla porta posteriore. Accanto c'era una rampa di scale che portava a diverse stanze chiuse, in cui sicuramente le prostitute intrattenevano i loro clienti. Cole corse alle scale e le salì due alla volta.

Tentò ogni porta ed erano tutte chiuse a chiave. Imprecando, si voltò e urlò al barista seduto dietro al bancone, a dondolare con le ginocchia al petto. "Le chiavi," urlò.

Il barista lo guardò con occhi vagamente indifferenti.

"Voglio le chiavi di queste porte!"

Si convinse che la sua unica possibilità di fuga era scappare attraverso una delle finestre, saltare in strada e cercare di cogliere di sorpresa il misterioso Soloman. Era un rischio, ma si rese conto che era la sua unica alternativa mentre da fuori arrivavano altri spari, accompagnati da strilli e urla. Stava uccidendo i clienti in fuga. Quell'uomo era pazzo, un maniaco omicida. Cole inspirò, salì al primo piano e diede un calcio alla serratura con tutte le sue forze.

Si scheggiò ma rimase chiuso.

Un altro calcio, poi un altro. Cole, col fiato corto, sapeva di avere poco tempo. Un altro calcio. La porta cedette appena. Un altro paio sarebbero bastati.

Un proiettile colpì lo stipite e fece schizzare una pioggia di schegge. Cole si gettò a terra mentre un altro proiettile colpiva il muro dove era stato lui poco prima.

Da dove si trovava, Soloman non sarebbe mai riuscito a colpirlo. Ma se si fosse mosso...

Cole sentì ridere dal piano di sotto e si sentì gelare l'anima. Quell'uomo si divertiva a uccidere.

Il primo proiettile attraverso il pavimento di legno del ballatoio a pochi centimetri dalla gamba di Cole. Soloman era sotto di lui, sparava a intervalli misurati, ogni sparo seguito da una risata.

"Ti ammazzerò, Cole. Avrei dovuto farlo a casa tua. Pensavo di averlo fatto, ma sei un tipo tosto." Sentì la leva. "Ma adesso è arrivata la tua ora." Poi il cane. "Addio, vecchio. Goditi l'inferno."

Il colpo esplose nel saloon.

Cole fece una smorfia, serrando gli occhi, aspettando il dolore.

Non arrivò.

L'odore acre della cordite gli raggiunse le narici e Cole sospirò lentamente. Aspettò, cercando di sentire Soloman che si muoveva. Ma non c'era niente. Rischiando, si alzò a sedere e sbirciò nel saloon.

Lì, tra le doppie porte, c'era Stone con in mano le grosse Sharp.

Amy Childer guidava il calesse lungo la via principale di Lawrenceville, Stacey seduto accanto a lei. C'era un gruppo di curiosi davanti alle stalle, donne e uomini inorriditi, i volti bianchi come gesso.

"Che succede?" chiese Amy.

"Spari," disse una donna. "È venuto uno straniero e sono morti tutti."

"Tutti?"

"Kestler," disse un'altra, "e quell'orribile Haynes. Tutti loro."

"Il grassone è andato lì e un ragazzetto gli ha sparato."

Amy si voltò verso il saloon e vide uscirne due uomini, entrambi alti, uno che indossava un giubbotto di renna. Il "grassone" doveva essere Soloman. Ringraziò Dio per questo, e anche per Kestler. Adesso, forse, sarebbe riuscita a fare in modo che Stacey restasse sobrio e fare qualcosa della propria vita. Con un cenno al gruppo di curiosi, rimise in strada il calesse e decise di andarsene senza più tornare.

Legarono quel che restava degli oggetti rubati sulla schiena di un mulo preso in prestito. Un calesse guidato da una bellissima donna si avvicinò. Cole si tolse il cappello.

"Ho sentito che c'è stata una sparatoria."

"Sì," disse Cole. "Ma adesso è tutto finito."

"Mi chiedevo... C'era un tale di nome Soloman. Terrorizzava me e mio marito. È...?"

"Sì, signora. Non vi darà più fastidio." Cole aggrottò la fronte e indicò l'uomo accasciato accanto a lei. "È vostro marito?" Lei grugnì. "Mi era stato detto che Kestler aveva mandato qualcuno a ucciderlo."

"Sì. L'ho steso con un colpo di vanga."

Cole rise. "Credo che sia il minimo. Che avete intenzione di fare, ora.?"

Lei alzò le spalle. "Andare il più lontano possibile. Ricominciare. Sarà dura, dato che mio marito è così."

"Signora..." Cole andò al mulo e mise una mano in uno dei sacchi. Prese un oggetto avvolto nella tela e andò dalla donna. Aprì con cura l'involucro e le mise in mano una statuetta. "È una statuetta di Meissen, viene dalla Germania. Era di mio padre e forse vale più di tutta la città. Credo che a San Francisco vi frutterà abbastanza soldi per qualsiasi tipo di vita."

A bocca aperta, con un'unica lacrima sul viso, Amy guardò Cole. "Non posso... è più che generoso, ma non posso..."

"Certo che potete," disse con un sorriso e le strinse la mano. "Ho visto abbastanza morti oggi da farmi venire da vomitare. Così ne sarà valsa la pena."

Si allontanò e la guardò con attenzione mentre, tirando su col naso, mise la statuetta sul calesse e se ne andò.

"Oh signor Cole, che cosa bella."

"Credi?" chiese Cole, sollevando un sopracciglio verso Stone. "Anche quello che tu hai fatto per me."

Stone sorrise imbarazzato.

Tornarono al loro orrendo lavoro. Impilarono i corpi su un carro scoperto e li portarono dal becchino, il cui negozio sembrava deserto ma li lasciarono comunque lì.

Senza una parola, i due uomini cominciarono il viaggio verso casa.

Cole cavalcava, lasciandosi dietro il passato, la decisione ormai presa. Le morti dovevano finire. Con Roose morto, tutto quello che conosceva non esisteva più.

Tranne Maddie.

Maddie che lo aveva pregato di non andare, lo aveva avvisato che non l'avrebbe trovata al suo rientro.

Se tornava.

Prima di tornare a casa, però, cercarono Roose.

Per l'ultima volta, Cole usò le sue abilità e quando lo trovarono Stone pianse. Cole, in silenzio, scavò la fossa.

La città, mentre trotterellavano per Main Street, sembrava sempre la stessa. Superando l'ufficio dello Sceriffo, videro il giovane Thrust che appendeva un paio di manifesti di ricercati. Guardò Cole e si fermò. Si voltò. "Lo avete trovato?"

Cole annuì e i voltò verso la strada. "Ho sepolto quello che restava di lui." Qualcosa gli si bloccò in gola e prese la borraccia, mandò giù qualche sorso e desiderò fosse qualcosa di più forte. "Sono sicuro che mi mancherà." La gente faceva le proprie cose, acquisti, chiacchiere, passava la giornata. Se avesse avuto una fotografia di quel posto venticinque anni prima, Cole sapeva che sarebbe stato identico. Tranne che Sterling Roose sarebbe stato lì. Cole ci pensò prima di allontanare quel pensiero. Erano stati bene, più di altri, e Cole aveva sempre saputo che sarebbe successa una cosa del genere. Per uomini come lui e Roose, era così che andava.

"Adesso che succede?"

Tornando alla realtà, Cole guardò Thurst. "Si elegge un nuovo sceriffo."

"Oh." Thurst guardò a terra. "Signor Cole, ammiravo molto il signor Roose. Mi mancherà."

"Anche a me, figliolo. Anche a me." Indicò l'insegna sulla porta. "Saresti un ottimo sceriffo, Stone."

Stone rimase a bocca aperta. "Signor Cole... non credo..."

"Sciocchezze, figliolo. Farò il tuo nome. Ma per ora," fece ripartire il cavallo, "ho affari più urgenti."

Fece schioccare le redini e avanzò, chiedendosi che avrebbe trovato una volta arrivato a casa.

Ad andatura svelta, lasciò i confini della città e si diresse verso casa. La casa che suo padre aveva costruito. Cole non aveva mai notato quanto fosse fredda e potesse essere riscaldata dall'amore di una brava donna. Adesso, aveva perso anche quello. Avrebbe dovuto insistere, implorarla di restare. Tuttavia, non lo aveva fatto.

Il suo stupido orgoglio si era messo di nuovo in mezzo ed era rimasto solo.

Superò la collina e tirò le redini, il cuore che gli batteva così forte che Cole pensava gli sarebbe esploso.

Lì, appena dopo il cancello, c'era il suo calesse. Nella stalla, il cavallo ruminava qualcosa. Qualcosa di buono, indubbiamente. Qualcosa che la piccola cavalla avrebbe sempre avuto.

Perché era lì.

Maddie non se ne era andata.

Come se avesse percepito il suo arrivo, Maddie uscì sul portico, incorniciata dalla porta, le maniche del vestito arrotolate, una bandana sulla fronte per trattenere i lunghi capelli biondi. Aveva un secchio in mano e uno spazzolone nell'altra. Li mise giù, si mise le mani sui fianchi e, anche da lontano, lui la vide sorridere.

Facendo schioccare le redini, il cuore gonfio, Cole spronò il cavallo e il sorriso che aveva sul viso era più ampio che mai.

Caro lettore,

Speriamo che leggere *Colui Che Viene* ti sia piaciuto. Per favore, prenditi un attimo per lasciare una recensione, anche breve. La tua opinione è molto importante.

Saluti

Stuart G. Yates e il team Next Chapter

Colui Che Viene
ISBN: 978-4-82415-251-0
Tascabile in edizione economica

Pubblicato da
Next Chapter
2-5-6 SANNO
SANNO BRIDGE
143-0023 Ota-Ku, Tokyo
+818035793528

2 ottobre 2022